村上收音機3

喜歡吃沙拉的獅子

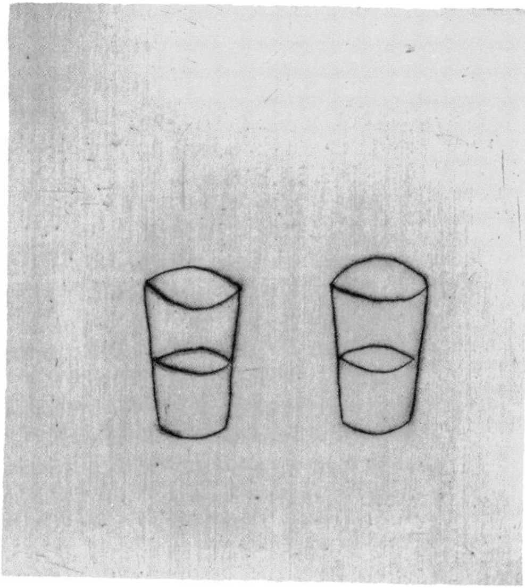

村上春樹 著
大橋步 繪
賴明珠 譯

目錄

前言

村上春樹

收在這裡的文章，除了一篇之外，都是爲《anan》雜誌的連載隨筆「村上收音機」所寫的。把一年之間在雜誌上連載的文章（大約五十篇）收集起來，幾乎自動就可以成爲一本書了。而本書則成爲那系列的第三本。

爲什麼是《anan》呢？爲什麼非要是《anan》不可呢？我常常聽到世間這樣的疑問。因爲我這二十年左右，沒有在其他雜誌上連載過隨筆。不過被這樣從正面質問，以我來說也相當困惑，不知道該如何回答才好。爲什麼是《anan》？老實說我也不太清楚。只能說「啊，嗯，因爲種種原因」。其實並沒有什麼特別的原因。

不過我並不是不能瞭解世間的人不解的心情。因爲，當然《anan》的讀者大半是年輕女孩子，而我則當然已經是相當有一把年紀的伯伯了，兩者之間幾乎（應該是）沒什麼共通話題了。不是嗎？

然而一旦覺悟到「沒什麼共通話題」之後，我忽然發現反而可以輕鬆地隨自己喜歡去寫。不必特別去考慮對方會想什麼，只要把自己想寫的事，自己覺得有趣的事，隨心所欲輕鬆愉快地寫，不就行了嗎？或者，除此以外，我又能怎麼樣呢？於是產生這種乾脆豁出去的精神。

另一方面，如果像我這樣的伯伯，去寫適合給伯伯們看的雜誌連載隨筆的話，可能就會寫出意識到那「伯伯同類性」的東西，而可能產生不太有趣的結果。在這層意義上，我想《anan》對我來說，可以說是相當舒服的良好工作環境。

當然《anan》的讀者對我所寫的東西實際上如何感覺？我就不太清楚了。如果認為「這個阿伯寫的東西搞不太清楚，眞是的，好無聊。浪費篇幅嘛！」我借這個地方道歉。我自己寫得還滿有趣、滿愉快的，對不起。

試想起來，我二十歲左右，家裡經常堆著《anan》和《平凡Punch》之類的雜誌。我當時當然還相當年輕，留著長頭髮，沒想到自己有一天也會變成一個伯伯。而大橋步女士當時為《平凡Punch》畫封面，在《anan》上寫隨筆。沒想到有朝一日自己也能在那樣的雜誌上擁有連載專欄，由大橋女士為我畫插畫，眞覺得不可思議。

無論如何，每星期能跟大橋女士一起工作，對我來說眞是太高興了。也覺得，嗯，上年紀，也不是一件多壞的事。不過當然並不是光有很多好事。

對於讓我能繼續愉快連載的《anan》編輯部的各位，還有對想必很有耐心地忍受這繼續的讀者們，在這裡深表感謝。

村上收音機3

喜歡吃沙拉的獅子

忘不了，記不得

寫這樣的連載時，常常有人問我「難得你每星期、每星期都有事情寫，難道不會有沒話題可寫的困擾嗎？」

我的情況，倒不愁缺乏話題。因爲在開始連載之前，我都會大概準備五十個左右的主題。然後「這次選這個吧」適當選一個來寫文章。當然從每天的生活中，自然也會產生新的話題，那些也加在表單裡。所以我不記得有「哎呀，這周該寫什麼才好」的傷腦筋記憶。

只是想到「對了，這個也非寫不可」的新主題時，不知道爲什麼多半總是在上床後睡著前，這對我倒稍微成問題。

當然想到時就隨時筆記下來就好了，但我已經很睏了（睡不著的夜晚對我來說，就像喜歡吃沙拉的獅子一樣稀奇），枕邊並沒放著筆記用的紙筆，算了，就那樣睡吧。結果第二天早晨醒來時，到底想寫什麼？已經忘得一乾二淨。只記得

「睡覺前好像想到過什麼啊」。但記憶卻已經完全沉進柔軟的泥沼中去了。有的想起來是什麼是在三個月後，有的則一直沒想起來，到現在還埋在泥沼中。

我眞不明白，爲什麼偏偏在睡覺前才想到點子？不限於隨筆，想到「嗯，這可以寫在小說裡」的事，也經常消失掉。如果能把這些埋沒的創意全部集合起來，可能可以獨立自成一本書。

法國作曲家白遼士在夢中作了一首交響曲。早晨醒來時，連第一樂章的細節都完全記得清清楚楚。他想，眞是稱心之作。太了不起，睡著時還能作曲。「太棒了。這要趁還記得的時候寫下來才好」於是他立刻在書桌前坐下來，開始把樂譜沙沙地寫下來。不過這時他卻忽然想起一件事情。白遼士的太太當時正得了重病，需要很多錢來治病。他必須在雜誌上寫評論賺稿費才行。如果開始寫起交響曲的話，到寫完爲止需要花很長時間，在那期間沒辦法做其他工作。也無法付醫藥費。

因此，他只好忍痛努力把那交響曲遺忘，那旋律卻一直縈繞在他腦子裡。雖然如此，他還是鐵下心來，拚命努力消除記憶。於是有一天，那音樂終於離他而去……有這樣的事。眞遺憾啊。就這樣白遼士的傑作之一（或許）便永遠消失在音樂史上了。

想到這裡，像我這樣想記住卻完全遺忘的情況，比起忘不了卻勉強要遺忘，以精神衛生來看可能還比較無害。不過我並不是說，因此就要把所有的事情都忘得一乾二淨才好。

本周的村上　「高田馬場」和「裸之婆婆」很容易聽錯吧。不會嗎？（譯註：日語馬場和婆婆同音）

只看過牛頭㹴 Bull Terrier

毛姆的短篇小說中，出現過一個結婚詐欺慣犯的男人。他到海邊療養區去誘惑一個老女人，是個重婚過十一次的男人。因此被送進監獄去。男人的外貌被這樣描寫。

「他以悲哀的眼神望著自己的鞋子。這也是非常需要修理的東西。他修長的鼻子，附著薄薄的肉，眼睛是淡淡的天藍色，一個好像枯萎了似的矮小男人。皮膚顏色不良，而且皺巴巴的。完全看不出到底多大年紀。要說三十左右，或六十上下都可以。除了不起眼之外，沒有任何值得特別一提的男人。顯然是個窮人，不過穿著倒還乾淨。」（龍口直太郎譯）

這麼窮酸相的男人，爲什麼能誘惑那麼多女性呢？述說的作家都要歪頭懷疑。把這疑問說出口。男人說。女人雖然會被外表看起來英俊的男人所吸引，然而一旦要結婚時，外表怎麼樣就無所謂了。你是個作家，卻對女人一點都不瞭解

啊。因爲只跟一個女人結過婚。有生以來「如果只看過牛頭㹴的話，能說對狗知道什麼嗎？」

我也還只跟一個女人結過婚，雖然是一個「只看過牛頭㹴」的無知愚昧的男人，但還是厚臉皮地對全部女人長年以來抱持一種說法。那就是「女人不是因爲有想生氣的事情而生氣的，而是因爲有想生氣的時候而生氣的」這回事。

男人生氣的時候，通常都有「因爲這樣這樣這樣的原因所以生氣」的道理（先不管那是不是適當）。但女人，依我看來，多半的情況卻不是這樣。平常不會杏眼圓瞪的事，總是平靜地慈眉放過的事，一旦碰巧遇到正在氣頭上時就會生氣，而且是相當認眞地生氣。就像俗語說的像「踩到地雷」那樣。

剛結婚時，完全不能理解到底發生了什麼事，但次數多了之後，大概就會明白「是嗎，原來是這麼回事」。當對方憤怒的時候只能加強防禦，乖乖變成練拳擊用的沙囊狀態。因爲對自然災害從正面迎擊也絕對沒有勝算。要像聰明的船夫那樣，縮著頭，一面想別的事，等候颱風過境再說。

等到風平浪靜，差不多可以抬起頭來，愼重地往四周探看模樣。判斷事態似乎已經告一段落之後，才恢復平常自己的步調「哼哼」地適度哼起歌來就行了。不過終於不久，咦咦，不妙喔。頭上不祥的烏雲……又來了。

這樣反覆繼續，人生有什麼發展嗎？要從正面問我也傷腦筋，無論如何，我是從牛頭㹴學來的，首先這是爲了平安無事地度過共同生活的實用性智慧。我相信大家也都一樣地在做著……不是嗎？

本周的村上　每次搭半藏門線時就會想到「一定要去一次押上」。到底是什麼樣的地方。

就算愛消失了

日語中有「親切心」這種說法。是很有趣的美好用語。但很難翻譯成外國語。有一次我想向外國朋友解釋「他很親切」的表現法和「他有親切心」的表現法的差別，但還是有無法完全說明清楚的地方。我試著簡單易懂地說明，但還是留下「有一點不同啊」的語感上的差異。

從親切心這用語我想到的是，名叫Arland D. Williams, Jr.（小亞蘭・威廉斯）的美國人。他的工作是銀行的監察員，去世時才46歲。我並沒有親眼見過他。

一九八二年一月在華盛頓DC，一架佛羅里達航空的飛機在寒流的惡劣天氣中，墜落在波特馬克河。大半乘客受到撞擊已經喪命，還有六個人被拋入水中。威廉斯也是其中之一。直升機趕快飛來救援，繩子垂落到極爲衰弱的他身旁，但威廉斯讓給旁邊的空中小姐先走。直升機過一會兒回來了，繩子再度垂落下來，他又再讓給其他女士先走。在酷寒的黃昏，水面開始結冰。直升機再回來

時，已經看不到威廉斯先生的身影了。他已經受不了冰冷的水溫。漂浮在河面的六個人中只有他一個人成爲回不來的人。

威廉斯先生死後他的行爲被讚美。事故現場附近的橋改名爲亞蘭・威廉斯橋。他的英雄式行爲感動了全世界的人。我當然也深受感動。不過我個人忽然想到，這與其說是英雄式的不如說是親切心的問題吧。威廉斯先生不管自己已經多衰弱了，處於多危急的狀態，只要身邊有女士在，他還是難免會說「妳先請，我等一下沒關係」他就是這樣的人吧。這對他來說，毋寧該說是日常的、習慣的行爲。當然這並沒有絲毫減損他行爲的崇高。

我雖然實在沒辦法辦到那樣英雄式的事情，不過在寫文章時，也想盡量對讀者親切，絞盡沒有的智慧，全力以赴。無論隨筆或小說，對文章來說親切心是非常重要的要素。我盡量寫出對方容易讀，而且容易理解的文章。

不過實際試做起來才知道，這並不是一件簡單的事。要寫出容易瞭解的文章，首先要把自己的想法先整頓清楚，然後必須選擇適合那個的恰當語言才行。

既花時間，費工夫，多少也需要一點才能。也曾經到某個地步就想「算了吧」準備放棄。

那樣的時候，我會想起威廉斯先生。跟他在風雪交加中，浸泡在混著冰塊的河水裡，繼續對身邊的女士說「妳請先走」的親切心比起來，我坐在書桌前交抱雙臂尋思正確的用語，根本不算什麼嘛，我想。當然。

科特·馮內果的小說中有一句「愛消失了還留下親切」。也非常帥。

本周的村上　不知道爲什麼，喜歡邊剝著八頭芋吃，邊喝威士忌。

爲了成爲眞正的男子漢

海明威曾經在某個地方，這樣寫過：「人要成爲眞正的男人，必須完成四件事才行。就是種樹、鬥牛、寫書和生兒子。」

以我自己來說，到目前爲止雖然寫了幾本書，但其他三項都還沒做過。我想以後可能也完成不了。恐怕沒辦法成爲眞正的男人，就要過完陰暗的人生了。眞傷腦筋（不傷腦筋嗎？）

我到日本東北的牧場去採訪，在那裡第一次看到眞正的公牛，這可沒開玩笑眞的很可怕。以前每次看歌劇《卡門》時，都覺得鬥牛士埃斯卡米諾是個「吊兒郎當令人不愉快的傢伙」。不過想到他要面對黑漆漆的巨大公牛，向這種東西挑釁地正面戰鬥，就不得不對他尊敬起來。我就沒辦法學他。

公牛總之天生塊頭就大，頭上長有銳利的牛角，眼光兇惡。脾氣暴躁、動不動就立刻怒火上升，猛衝過來。人類社會裡偶爾也有這種類型的人，不過力氣和

速度和公牛比起來則遙不可及。

問牧場的人說「爲什麼不把牛角切掉」，他說「有角反而安全」。人被逼到牆角，牛從正面衝過來時，把身體躲在角和角的空隙之間，就可以逃過難關。可是如果沒有角，就會被用堅硬的額頭一下就撞破內臟。

我們日本人，一提到牧場，腦子裡總會浮現「牧歌式」的語詞，實際上以職場來說，是比想像中嚴苛的地方。

在美國，我曾經到住在猶他州鄉下的朋友家拜訪。和那裡的孩子們一起到附近兜風時，經過一個廣大的牧場前面。好像是麥當勞連鎖店的直營牧場，入口豎立著那常見的麥當勞商標招牌。成群放牧的牛，在春天的陽光下嘖嘖地吃著草。一副和平的風景。然後一個男孩子從車窗伸出頭去，朝著牛群大聲喊「喂，下次要吃你們喏！」

這種想法，日本人就不會有喔。眞可憐，牛也這樣悠閒地吃著草，卻終於要被殺掉做成漢堡，一般日本人的心情應該會這樣同情起來。美國人畢竟是肉食系的啊，我受到輕微的衝擊後回到日本。

然後有一天到水族館去，一群歐巴桑團體，邊看著水槽裡游來遊去的大鮪魚邊大聲交談「哇，好好吃的樣子」、「好想帶一尾回去」。好像快流口水了似的。如果猶他州來的人看到這種光景，一定會受到輕微的震撼。事到如今才說，世界眞是各色各樣。

本周的村上　雖然有肉食系女生，或草食系男生，難道沒有魚食系歐巴桑嗎？

歌劇女高音的暹羅貓

我曾經在西西里住過一個月左右。在巴勒摩市內租了短期公寓，在那裡寫小說。同一層樓也住了一位女高音歌手。附近有一家氣派的歌劇院，好像是在那裡演出的人。爲什麼知道她是女高音歌手？因爲每天中午以前，她都會做高音的發聲練習。

這位歌手養了一隻母暹羅貓。貓好像陪著她巡迴各地的歌劇院。每當早晨的「啊啊啊啊、啊——」開始練唱時，那隻貓總是一副「哎呀呀」的臉色，翹起尾巴從屋子裡逃出來。是一隻喜歡親近人的貓。叫她的話，會進來我們家。我把自己的貓留在日本了，覺得很寂寞，所以經常會和她玩。

不久發聲練習結束了，貓就一副「啊，終於結束了」似的站起來。回到自己的房間去。她一定是不喜歡發聲練習吧。那種心情不難瞭解。如果是詠嘆調還好，只是音階的上下練習，聽的人也不怎麼愉快。貓可能也知道那差別。或者是

貓的耳朵很難忍受女高音的聲音頻率。如果是這樣，被女高音歌手飼養的貓還眞可憐。

動物能不能理解音樂？這是個很難回答的問題，世間有各種說法。我到現在為止養過很多貓，不過還沒遇到過喜愛特定音樂的貓。例如我一放齊柏林飛船（Led Zeppelin）的唱片時，貓經常會逃出去，放莫札特時又會回來的貓，一隻都沒有。音樂，和時間觀念一樣，對除了人之外的動物（至少對貓），我想可能無法感受。

我從以前就很喜歡音樂，甚至沒有音樂就好像沒辦法好好活下去似的，不過因此體質某方面也變成無法忍受擾人耳朵的音樂了。

以前有一次，我有事到原宿的流行服飾大樓「Laforet」去。走在樓面時，從右邊店裡傳來霍爾與奧茲的〈I Can't Go For That〉，從左手邊店裡傳來史提夫．汪達的〈Part-Time Lover〉，那剛好在我耳邊狠狠地正面相撞。雖然個別都是不錯的歌，但兩者等量混合起來，卻變成不愉快的噪音，除此之外什麼都不是。就像在神經上磨著銼刀般，頭快裂開，變成精神創傷（眞的），從此以後我就絕少再踏進原宿地區了。

現在的澀谷中央街附近，大體上日常還在發生相同的事——雖然當然音樂傾向已經改變很多了。尤其是那巨大電視牆的聲音在馬路上混合的模樣，幾乎接近拷問。不過看來，周圍好像並沒有人因此而頭快裂開的。是不是覺得沒怎麼樣呢？

要是我的話，就像那巴勒摩的暹羅貓那樣，會筆直立起尾巴，想逃到某個遙遠的安靜地方去。

本周的村上　歌劇《魔笛》中，穿著動物布偶衣服、隨著笛聲起舞的人，看來多快樂啊。

一邊等斷頭台

企鵝出版社出了一本很厚的書叫《*Time Out Film Guide*》。這是英國的情報雜誌《*Time Out*》所編輯的電影導讀書，每年出版新版，我所擁有的版本裡介紹了大約一萬三千部，古今東西的電影。

這本書和其他百般電影導讀書都不同的是，非常英國式，或可以說那選擇法相當古怪。介紹了很多我看都沒看過、聽都沒聽過的電影。也有相當多有點怪的B級片，記載著這些電影的情節和坦白而簡潔的評論，光是啪啦啪啦漫無目的地翻閱起來，就很能消磨時間。

「哦，有這種電影嗎？有機會倒想看看」，就算這樣想，但那種小眾作品日本多半不會公開上映，也沒出DVD。舉個例來說，有一部電影叫《The Traveling Executioner》（旅行的死刑執行者）。由傑克．史麥特（Jack Smight）導演，史戴西．奇屈（Stacy Keach）主演，一九七〇年製作的。

時間是一九一八年，奇屈所飾演的主角帶著可以搬運的電椅（到底是什麼樣的東西？）巡迴美國南部。聽到哪裡有死刑，就出發，電椅出租一次收費一百美元，執行死刑的處刑。然而有一次，他第一次遇到女的死刑犯〔瑪麗安娜．希爾（Marianna Hill）〕。然後——大概可以想像得到——跟她陷入情網。電影的介紹到此爲止。那麼，接下來到底會怎麼樣呢？既然沒辦法看到電影，好奇心就膨脹得更大。

說起來死刑執行者，法國導演巴提斯．勒貢（Patrice Leconte）就導過一部《雪地裡的情人》。在一個法屬加拿大的小島聖皮耶（Saint-Pierre），發生了一起殺人事件，犯人被宣判死刑。但島上沒有執行死刑的斷頭台，必須等從法國送來。在等那送到之前，死刑犯爲居民勞動，在那期間他後悔自己的行爲，漸漸變成一個正常人。島民也對他開始懷有好感，心想本來就是酒後的過失，實在不必判到死刑的地步。負責看管犯人的軍官的夫人（茱麗葉．畢諾許）甚至開始對他產生愛戀之情。不過有一天，載著斷頭台的船出現在海邊……。

錄影帶看到這裡，因爲工作的關係離開日本兩星期。一忙起來就沒時間看到結尾。因此在旅行中，心裡一直記掛著不知道後來怎麼樣了。自己在心裡也做了各種想像。回到日本終於可以繼續看了。結果，那死刑犯怎麼樣了？

可是結果怎麼樣，我卻不太記得。大概是這樣吧？大概是那樣吧？因爲在腦子裡想過太多可能性，電影的結局到底是怎樣，我已經混亂了，搞不清楚。嗯，結果是怎麼樣呢？

本周的村上　「給貓珍珠」、「給豬金幣」不行嗎？（譯註：日語諺語本來是反過來「給貓金幣」、「給豬珍珠」。比喻給不懂價值的人珍貴的東西也沒用。）

來做歐姆蛋

最近我幾乎每天早晨都做歐姆蛋。我從很早以前就想過一定要好好研究歐姆蛋了，不過難得有空就一直沒能辦到。但這次寫完長篇小說後，某種程度有空了，嗯，於是就想差不多該開始了。噢，到這裡為止，倒沒怎麼樣。

結果，做了差不多一個月，手藝漸漸提高。煎得顏色也漂亮起來，裡面熱呼呼的，終於會做朝內圓滾滾好好包起來的歐姆蛋了。雖然還稱不上藝術品。

我的歐姆蛋師傅是村上信夫先生。不過已經過世了，他在帝國飯店長期擔任廚師。話雖這麼說，我並沒有親眼拜見得到他當面傳授。而是以前在電視節目中看過村上先生三兩下做好歐姆蛋時，看他手藝高明，完成的歐姆蛋之美，深受感動，當下決心「好吧，看我有朝一日一定也要做出像這樣高明的歐姆蛋」。

根據村上師傅的說法，要做好歐姆蛋最大的重點，是要擁有一個做歐姆蛋用的平底鍋。買一個鐵製平底鍋（半徑二十公分）。好好燒烤過把防鏽塗料去掉，

洗乾淨。先用來炸東西，其次用來炒菜，讓油充分滲透之後，才拿來當歐姆蛋的專用鍋。一旦決定要當「歐姆蛋」專用之後，就完全不用在其他用途了。

實際做了之後就知道，要形成這樣的狀態，相當耗費工夫和時間。新鍋子很難適合用來做歐姆蛋。必須要連哄帶騙、甜言蜜語、威嚇利誘之後，才總算聽你的話。就算聽你的話了，使用過後也必須細心照顧才行。只要留下一點髒痕，蛋就會鬧憋扭，不給你光光滑滑漂漂亮亮的蛋皮表面。相當辛苦。試想一想，只不過是早餐的佐菜而已呀。

我想到，最適合歐姆蛋的情況，說起來畢竟還是情事的翌日早晨。女孩子還在床上睡覺，男生穿起T恤衫和平口褲站在廚房，燒開水，泡咖啡。那香醇的氣味讓女孩子醒過來。「很抱歉什麼都沒有，如果菠菜歐姆蛋可以的話，我來做好嗎？」男的這樣說，點起瓦斯爐，在平底鍋裡塗上奶油，若無其事地輕鬆做起歐姆蛋，裝在盤子上。女孩子披起男生的條紋棉襯衫，從床上悠然起身走了過來。雖然還很睏，不過蛋包看來香噴噴的。初升的太陽把廚房的各種東西，照得光輝耀眼。FM收音機正播出舒伯特的〈阿貝鳩奈奏鳴曲〉（Arpeggione Sonata）。這樣的光景。

那麼，你有沒有過這樣的經驗？

當然沒有。我只是想……如果有，可能會不錯。

本周的村上　你看過彩虹的根部嗎？我有。相當不可思議的光景。

到法院去

你當過法院的裁判員嗎？我還沒有。

在美國時，有時會收到陪審員的通知函。沒有美國公民權的人是無法當陪審員的，因此當場就塡好拒絕理由把文件寄回去，不過從收到幾次通知來看，美國公民似乎相當頻繁地履行陪審員的義務。雖然很多人抱怨「既麻煩又花時間，饒了我吧」。

關於日本的裁判員制度則毀譽參半，我基本上認爲是一件好事。因爲，在導入裁判員制度之前，我常去旁聽審判。還沒有實際體驗過審判的人，我想不妨去參觀一次。和電視劇裡的審判相當不同。我聽了幾次審判後，個人強烈感覺到的是「無論如何，都要避免牽涉到刑事訴訟事件」。

我想只要看到實際情況就會知道，現行審判制度很難稱爲完善。法官、檢察官和律師中，雖然也有優秀而高潔的人，不過另一方面偶爾也會看到一些令人搖

頭「這傢伙，可能不太妙」、「應該擁有多一點常識」的人。被官司纏訟，如果運氣不好遇上這種法官，只能說是悲劇沒有別的。因此我極力不去跟法律作對。不去嗑藥、喝酒就不開車。嗯，眞的。

平常不踏進法院的一般市民被選爲裁判員，參加審判，面對那運作的實際狀況，像我這樣，意志堅定決定「一定不坐上被告席」，這對社會來說，我想是健全的事。這樣一來應該可以減少犯罪。

不過這樣的我，對於裁判員被賦與死刑判決權力的現行制度，依然存有若干疑問。讓一般市民可以決定到具體量刑的地步，不是太殘酷了嗎？

這裡有一個被告。二十一歲男性正失業中，侵入世田谷區的住宅，在廚房用菜刀刺殺了那家的太太和五歲的女兒。犯案當時，正處於一種神經衰弱的狀態。本人承認有罪，現在對自己的行爲感到後悔。

（A案）被留下的丈夫流著淚向裁判員哭訴。「沒有比這更殘酷的犯罪了。我人生中最重要的兩件東西被剝奪了。請判犯人死刑。這種人沒有活著的價值。」

（B案）被留下的丈夫流著淚向裁判員哭訴。「沒有比這更殘酷的犯罪了。我人生中最重要的兩件東西被剝奪了。但是請大人，不要判犯人死刑。我不想再看到更多人死去了。」

如果你是裁判員，分別會選什麼樣的判決呢？假定A和B選擇不同的判決，那麼所謂刑罰的倫理性或必然性，這些東西又在哪裡呢？你不覺得是相當難的問題嗎？

本周的村上　邊聽著美國TV版《原子小金剛》的英語主題曲〈ASTRO BOY〉邊跑步感覺精神百倍。

想吃超級大盤沙拉

導演米卡・郭利斯馬基（Mika Kaurismäki，阿基・郭利斯馬基的哥哥）大約十年前導了一部叫《GO! GO! L.A. / L.A.Without a Map》的電影。描寫在英國一個小鎮經營葬儀社，一心想當劇作家的青年，愛上一個來自美國、夢想當女明星的女孩，青年拋棄一切追著女孩來到好萊塢。在那裡遇到各種離奇的事情。有點古怪、脫線的喜劇。因爲是芬蘭導演，因此可想而知當然徹底嘲諷了好萊塢的文化。

其中有一幕在餐廳，女服務生邊接受點餐，邊問「Super salad？」青年說「這個好，就Super salad吧。」女服務生一臉不高興地快嘴重複道「Super salad？」青年又說「是啊，我就點這Super salad啊」，但一點都無法溝通。

原來她想說的是「Soup or salad？」（附餐要選湯還是沙拉？）結果性子急說太快了，英國人的耳裡聽來，只聽到「Super salad」。這一幕眞搞笑。我在美

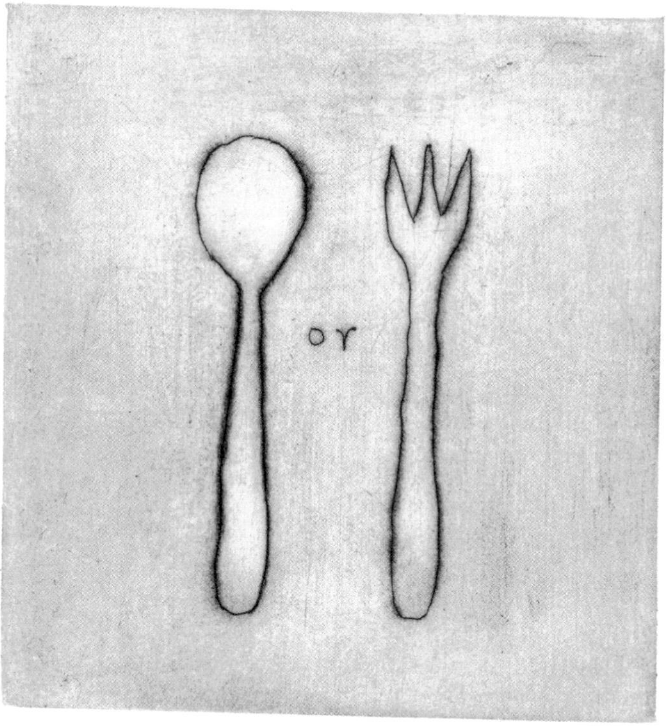
or

國餐廳，也遇到過幾次同樣的情況。她們眞的是一臉不高興地快口說話。

我很喜歡吃青菜，每天都大量吃沙拉。用像洗臉盆那麼大的容器裝得滿滿的，喀啦喀啦地吃。第一次看到的人都大吃一驚。「你眞的一個人能把這些全都吃掉嗎？」當然。看我實際上全部吃光後，更驚訝。不過我並不是爲了要讓人吃驚而吃的。

所以如果什麼地方的餐廳菜單上眞的印上「Super salad」的話，我想我絕對一定會點。不過到底會端出什麼樣的沙拉呢？

雖然不到「Super salad」那麼誇張的地步，不過火奴魯魯的 Halekulani Hotel 池畔餐廳「HWAK」（House Without A Key）從前也供應過相當棒的沙拉。夏威夷當地出產的 Manoa 紅邊生菜、Kula 番茄和茂宜島的洋蔥混合起來而已的極簡單沙拉。但非常美味，我經常午餐時去吃這個。只要有熱烘烘的麵包捲和這沙拉——加上冰啤酒——其他什麼都不需要了。

茂宜洋蔥是沒有苦味的甜洋蔥，可以直接啃著生吃。不過價格比一般的貴，除了在夏威夷之外很難買到。法蘭克．辛納屈到夏威夷時，也深深愛上這種洋蔥，據說後來還特地從本土訂購這個來吃。

不過HWAK不知道爲什麼，從某個時候開始，就把這種迷人的生菜從菜單上剔除，從此以後我就有點不方便了。當然飯店的經營，或世界的營運，目的並不是爲了配合我的心情愉快，因此也沒有理由抱怨……。

本周的村上　經過「卵和我」的餐廳前面，或許只有我會想到排卵期的事吧。

獻慾手冊

我喜歡在健身房運動身體，經常會去，我常常想到，在這裡消耗的能量難道不能有效利用來發電嗎？

例如眼前排列著十輛左右的固定式腳踏機，每個人都拚命踩著踏板。每次看到這個，就會想到這不能用來發電嗎？當然和核能發電比起來是非常微不足道的熱量，不過如果有很多輛機器，大家輪流著拚命踩踏，說不定可以足夠供應街角紅綠燈的電力呢？因爲人家埃及的金字塔，也幾乎全部都是用人力建造起來的。人的力量集合起來，絕對不容忽視。

不妨像「捐血手冊」一樣，製成「能量手冊」似的東西。在街角擺設腳踏車，讓人們自告奮勇地上去腳踏發電。然後「很好，辛苦了。您今天貢獻的能量是二千卡路里」，蓋下一個兩千點數的印章。點數累積多了，可以換領紀念品之類的東西。如果能建立這種系統，我相信一定有很多人自願擔任發電志工。既可以

稍微解除電力不足的問題，又可以達到健美塑身的效用，託這個福人人都變健康了，又可以減輕醫療保險的負擔。你看好處數不完吧？我一定也會熱心地加入街頭志工的陣容。

我從以前就主張過這「貢獻能量方式」了，只是誰也沒有認眞聽過。爲什麼我的每一種主張，人們都這樣輕視忽略呢？

這也是我上次閒得沒事的時候，忽然想到的，剩餘的性慾難道不能有效利用嗎？因爲性慾也是一種可觀的能量啊，這只有白白捨棄掉也眞可惜。

例如元氣十足的高中男生手上拿著「獻慾手冊」到「獻慾中心」去，說「最近性慾過剩，因此想來獻慾」。漂亮的護士小姐便說「好的，謝謝。我立刻幫你抽出來喔」，性慾當場咻一下就電力化（如何變法程序不太清楚）那瓦特數會換算成點數加在「獻慾手冊」上。你不覺得是相當不錯的系統嗎？這樣一來說不定也可以順利克服夏季的電力不足。我也會積極配合協力……怎麼辦才好？

我想說的是，如果廢除核子發電後，現實上可能會有種種不方便，就算那樣大家還是必須絞盡腦汁，同心協力，總會有辦法的。我是個典型的文科系的人，雖然不太清楚技術方面的事，但關於絞盡腦汁這件事來說是不分文科理科的。只要社會上大家都確實有這種心，我相信自然能開出路來。

如果有那樣的機會，下次「獻慾手冊」大家來一顯身手好嗎？

本周的村上　有空的時候我常常會想賓館的名字。「就這裡吧」如何？

無聊死的會話

遊記作家兼小說家，保羅．索魯Paul Theroux搭巴士、火車和船輾轉從開羅到開普敦，歷時半年縱走穿越非洲大陸的旅行記《*Dark Star Safari*》（暗星薩伐旅）是一本令人啞然心驚的有趣書籍，一邊不得不佩服「竟然能這樣」一邊驚訝地一口氣讀完。我向來也曾做過相當多危險的旅行，不過實在無法向他看齊。

保羅年紀大約六十五上下，身材修長體格健壯。我們有時會見面談起。我說「這樣艱難的旅行，身體還眞撐得住啊」，他若無其事地回答「這還不算什麼」。是個徹底堅強的人。過去他在世界各地得過各種病，他說「我已經變成像病原體的樣本簿了，哈哈哈」。不過在日常生活上似乎沒什麼不方便的樣子。

在這本《*Dark Star Safari*》中有一段有趣插曲。保羅在東非某國旅行。實際上是個殺伐的地區，既沒什麼娛樂也沒有可看的地方，街上見不到一個會說英語的人。正閒得無聊時，遇到一個日本人。是日本企業派遣出來的單身技術人員，

英語說得還不錯。保羅很高興就開始跟他聊起來，但立刻發現對方是個非常無聊的人。話都是陳腔濫調，一點深度都沒有。於是，他想這樣不如我一個人面壁還比較好。

我眼前彷彿浮現那樣的情景。無聊的對話有時接近拷問。

＊

我第一次到海外，是三十幾歲將近中期的時候，當然並不擅長外國語會話。如果是十幾歲，只要置身當地，呼吸那裡的空氣，自然就能學會那裡的語言，然而到了某種年紀之後無論如何還是有限度。所以到現在還無法像土生土長的人說得那麼流暢。說一個小時話後，因爲使用沒用慣的肌肉，下顎就會慢慢開始痛起來。

不過這樣會覺得有什麼不方便嗎？倒也不會。現在英語要說是英美人的語言，不如說以lingua franca（世界共通語）的機能更大，因此說得極端一點是「只要意思能通就行了」。那麼，這裡更重要的，與其「說得流暢」，就不如「自己能確實掌握多少，想傳達給對方的內容」了。換句話說不管英語說得多流利，如果話的內容意思不明，或乾燥無味的話，誰也不想理你。我的英語雖然不流利，但手頭倒有很多意見（名副其實）多得可以拿出來賣的地步，因此對方似乎還肯側耳傾聽。

日本好像也開始出現以英語爲「公司用語」的企業了，我想，這固然也很重要，但同時培養擁有「自己意見」的人可能更重要。這方面不確實去做的話，在世界的某個地方，可能又會產生像索魯先生這樣可憐的犧牲者。

本周的村上　上次在某飯店的游泳池畔忽然看見身旁，海盜裝扮的強尼·戴普正在休息。電影還有續集嗎？

小費難給

到外國旅行，傷腦筋的還是給小費的事。正如您所知道的，因爲在日本日常沒有給小費的習慣，因此很難自然地順手去做。

而且因爲國家不同、地方不同，給小費的金額和給的方式、要領都不一樣，因此要掌握得好還眞辛苦。雖然旅行指南書上寫著「這裡大約給這樣（或不給）比較妥當」，實際去到當地一看，往往發現「什麼？情況完全不同嘛」。不太能指望。

那麼該怎麼辦才好？坦白說，並沒有「這樣做就對」的正確答案。小費的原理要世界通用，問題未免太複雜了。麻煩的程度不會輸給「美國次級房貸問題」或「基本粒子理論」。只是從我個人的經驗來說，別去想細節（想也沒用）「這樣大概可以吧」大約抓一下似乎最好。祕訣是總之做得要有自信。不要瞻前顧後。看著對方的眼睛，微微一笑「嗨，謝謝！」不要猶豫地給出去就是了。

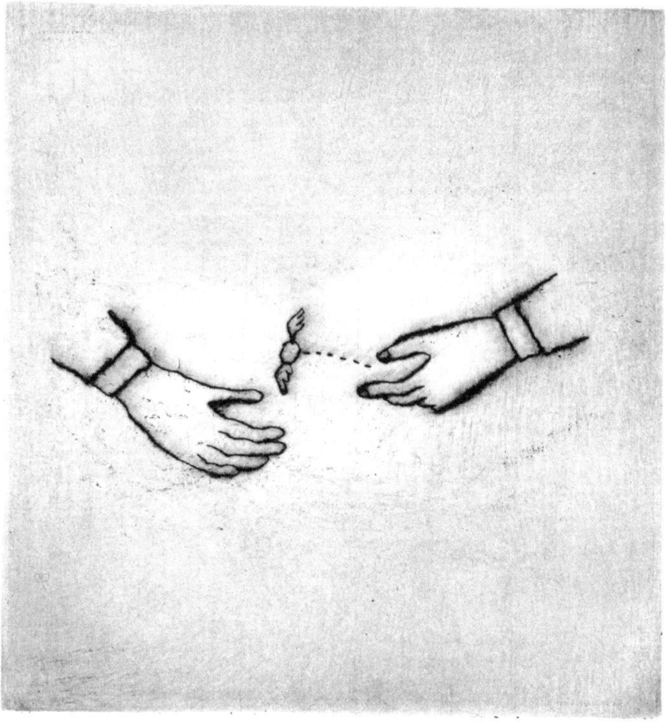

人家幫你提行李時，預先把適當金額的零錢放在口袋裡，當場伸手進去，不要細數就遞過去。這種氣勢相當重要。一一數錢後才交給對方，場面會搞得很難看。小費這東西基本上是心情問題。所以要有自信地拿出來，很乾脆地給出去。只有這樣。金額是否妥當，我不太清楚，不過這邊是外國人，所以這方面只能請對方寬容大量了。

只是我的情況，有一次搞錯了右邊口袋和左邊口袋，給錯小費。一旦給出去了，總不方便說「啊，等一下，請把那還給我」，因此請小心注意不要發生這種事情。雖然對方非常高興。

去國外旅行本來就已經很累了。我常常想如果不必給什麼小費該多省事。這一點，日本就輕鬆多了。不過改變觀點試想一想，所謂小費是實際上眼睛看得見的有形東西，錢從這邊往那邊移動，要說容易了解確實也容易了解。某種意義上也可以說很有人性。我搞錯了多給小費的飯店服務生，可能用那錢給孩子買了蛋糕也不一定。他說「今天有一個日本客人給了很多小費，所以買了這個禮物喔」。

比較之下，我們被強制付出的消費稅和服務費，是以什麼形式流到什麼地方去，是被政府如何使用的，可能連專家都無法正確掌握。這樣一想，哪一邊比較有道理，一時很難決定。就這樣，總之小費問題很難辦。最近如果你預定要出國旅行，請加油想辦法克服吧。

本周的村上　「♪要賣書請到BOOK OFF」的旋律在耳邊響個不停。請幫個忙吧。

不知道，不瞭解

當小說家我覺得很好的是，不必每天去通車，和不用開會。光是沒有這兩件事，人生的時間就可以大幅節省了。世間可能有人會說最喜歡通車和開會，不過我不是。你可能也不是吧？

另外一件當了小說家深深感到高興的是，可以坦白說「我不知道」的時候。例如有人問到「對未來日本的產業結構來說，洗練化具有什麼意義呢？」或「你認爲所謂後現代主義的基本精神是什麼？」時，可以用「對不起，這種事情我不知道」一句話解決。

如果我是電視評論家或大學教授的話，應該就不能那麼簡單地說「我不知道」了。不管人家問到什麼，總之都必須暫且像模像樣地當場回答，否則就會失去立場。但對小說家來說——我是說對像我這樣的小說家——無知並不是特別可恥的事。什麼都不知道，只要能寫出有趣的小說就行了。反而相反可以自豪地說

「這種事情我什——麼都不知道」。這種態度能行得通的職業，其他可能不太有了吧。

再怎麼說，這都是一件好事。自己不知道的事情，能毫不隱瞞地明白說「不知道」，是再輕鬆不過的事了。光是這樣，壽命似乎就可以延長五年半左右。

*

寫完一本小說，把稿子交給編輯之後，負責校對的人就會幫你檢查。這時被指出的大多是用語上的錯誤，或事實上的錯誤，看到那標出校對檢查地方的初稿時，才深深感覺到自己活到現在，對世界的事多麼無知，擁有的知識多麼馬虎而不正確。其中也有連以「不知道自豪」的我都感到羞恥的錯誤。不過也沒辦法，如果要把世間的知識和情報全都規規矩矩塞進腦袋裡的話，光那個就有夠忙了，會變成重要的事什麼都做不了。想到這裡也就想開了。

話雖如此，不過我從前也不是這樣的人。中學時候，也想盡量多知道世界的知識，曾經把百科全書從頭到尾讀破過。雖然想過怎麼會去做那麼無謀的事，但可能當時是個充滿知識欲的正直少年吧。如果要問讀破百科全書有得到什麼用處嗎？好像也沒什麼。因爲當時腦子裡裝進去的東西，全都被吸進某個遙遠的地方消失掉了。（好像有那種對知識來說像象的墓地般的地方）。

對人來說，最重要的不是知識本身，而是想得到知識的心和欲望吧。只要有這個，我們就能像自己推著自己的背那樣，往前邁進。而且如果結果順利，也可以當一個什麼都不知道，而以「不知道自豪」的作家。人生還相當複雜。

本周的村上　聽說在上斷頭台之前，死刑犯脖子後面的頭髮會被剃掉。光想到就不舒服啊。

維也納美泉宮動物園的獅子

我在翻譯約翰．厄文的長篇小說《放熊》時，曾經造訪過維也納的美泉宮動物園。因爲那個動物園是故事的重要舞台，所以我想親眼去看看實際上那是個什麼樣的地方。到德國去順便經過奧地利的維也納，沒做別的事情，一整天就參觀動物園。

我從以前就喜歡動物園和洞窟，旅行時如果附近有這種地方，就會順便走過去看看。尤其喜歡沒有人的，閒散動物園。如果是在嚴冬，下著雪，枯木被風吹得咻咻作響就更理想了。我可以更盡興地看動物。

美泉宮動物園在皇宮公園裡。本來是爲了哈布斯堡王朝的皇家和貴族娛樂而建的，創立於一七五二年，所以奧地利公主，法國路易十六的皇后瑪麗．安托瓦內特Marie Antoinette少女時代可能也曾在這裡度過一段快樂時光。

不過二十五年前我造訪這裡時，已經變成一個相當落魄的動物園。動物全

都無精打采懶洋洋的。好像應付應付地放幾隻動物，給有興趣的人隨意看似的氣氛。不過我個人其實還滿喜歡這種「閒散」、不嚴格的地方。

然而前幾天去到久違的維也納，順便繞到美泉宮動物園去看看，卻嚇得腿軟了。因爲那裡已經完全變成美麗的最新式動物園了。不但齊全地擁有熊貓、無尾熊和其他稀奇動物，連設備也煥然一新。好像是因爲觀眾的銳減，認爲「這樣不行」而交給民間去經營了。

只是那天維也納被寒流侵襲，幾乎沒有參觀者。這裡的獅子被放養在接近自然的環境，周圍沒有鐵欄杆，而是用透明的塑膠圍起來。把臉貼在那上面觀看獅子一家時，一隻母獅子大模大樣地走過來就站在眼前，一直注視著我的臉。換句話說，我跟那隻獅子，只隔著透明的牆壁，名副其實地互相貼著額頭。

這是非常出乎意料之外的震撼經驗。因爲從來沒有這麼接近地，和獅子四眼相對互相盯著對方過。獅子那天可能也因爲觀眾少而正感到無聊。或者東洋人的小說家身上，擁有什麼吸引母獅子的心的地方也不一定。從那舉止動作之間可以窺探出貓科動物不時會顯現的純粹好奇心般的東西——至少在我看來是這樣。

無論如何在那冰凍的晚秋時節午後，我和那頭獅子夾著透明隔牆，長久之間就那樣無言地互相盯著對方。我試著稍微微笑一下，但獅子並沒有對我微笑。她始終保持面無表情。終於我們不知由誰開始離開隔牆（在酷寒中總不能一整天玩著瞪眼遊戲），各自回歸自己的生活去。

回到飯店我站在鏡子前面，試著看看自己的臉。不過並沒發現奇怪的地方。上面只有照例不太起眼的我而已。那頭母獅子，到底想從我的眼裡尋找什麼呢？

本周的村上　獅子是否也用獅王牙膏刷牙呢……這問題未免太無聊吧？

一聽到這曲子

以前我在美國曾經出席過一個朋友的結婚典禮。有一組小編制的樂隊演奏音樂，出席者隨著音樂起舞。我不擅長那種舞因此沒跳。

結果，中途忽然覺得很奇怪，這樂隊每次有事沒事，就會像主題曲般演奏〈芝加哥〉這老曲子。爲什麼呢？結婚典禮是在紐約州的長島舉行，新娘和新郎也都不是芝加哥出身的人……我腦子裡正疑惑著之間，忽然想到。新娘的名字叫Chikako（千香子）啊。美國很多人把芝加哥發音成「Chika-go」。因此樂隊就配合這語音，把〈芝加哥〉當成慶典的主題曲了。從此以後我一聽到〈芝加哥〉就會想到那次的結婚典禮。

除了〈芝加哥〉之外。還有幾首有名的曲子，是這地方就用這首曲子的。例如一聽到舊金山的名字，就會想起東尼・班尼特的〈心繫舊金山〉（I Left My Heart in San Francisco），腦子裡浮現羅夫・雪倫所彈的優美鋼琴開頭的音節。

前幾天我在我的事務所，談起在大阪法善寺橫丁吃東西時，旁邊的會計星野（女）忽然唱起「♪一把菜刀，包在漂白布裡……」。我阻止她「好吵，別唱了」，不過這種事情，似乎是反射性冒出來的。地名穿過意識直接和「♪唱出音樂」連結。常常會有這種人。

如果我說出「上次我在函館吃了美味的燒魚」的話，星野一定會唱出「♪遠遠來到……」吧。不妨來試一次看看，不過太吵了所以還沒試。

我也有過音樂透過意識和某種什麼相連的情況。就算沒有到不禁唱出歌來的地步，但例如一聽到這首曲子，腦子裡就一定會浮現這情景。

我的情況，是一聽到坂本九的〈昂首向前走〉，總會想起北國空曠的天空。大約二十五年前，我開車在明尼蘇達州北部的湖區移動時，收音機忽然傳出〈Sukiyaki〉的曲子（在美國不知道爲什麼唱片以這樣的名稱發行）。在全都播放著鄉村搖滾曲風之間，突然聽到「♪うえをむふいって……」的日語歌詞。和事出突然也有關係，我記得心忽然揪緊起來。

高聳的針葉樹林延綿不斷，從那縫隙之間不時看得見深藍的湖面。天空無限高朗，明明是盛夏季節卻涼颼颼的，吸進空氣時那清新讓肺感到一陣刺痛。可能原來的歌詞感覺，和這情境不太符合，不過聽到這首曲子我腦子裡浮現的，卻是一望無際、澄清透明的明尼蘇達州的藍天。

不過試想起來，日本語歌詞能在全世界唱紅的歌自從〈昂首向前走〉之後，經過將近半世紀還沒有出現。我覺得不妨再來一兩首啊。

本周的村上　太田胃散什麼時候會成爲世界遺產嗎？雖然怎麼樣都無所謂。

我喜歡的旅行箱

雖然我覺得自己是個相當習慣旅行的人，但每次要選擇完全適合旅行的皮箱時，都覺得很難。

旅行箱最成問題的，首先就是沒有一次旅行是完全內容相同、目的相同的這回事。是工作性質的旅行還是遊玩性質的旅行？去國內或國外？長期居留或短期居留？兩人同行或一人獨行？移動多或少？帶不帶電腦？需要帶西裝和領帶嗎？因爲各種不同情況，行李的內容都會不同，那麼，要裝那些的皮箱當然也就不同了。

如果身邊就有任何行李都正好裝得合適，請安心交給我——這樣體貼的皮箱就好了，但不可能有這種東西。說來話長，關於旅行箱，在我的人生中眞的經歷過一連串試行錯誤。不過和對女人方面的一連串試行錯誤比起來，則輕鬆多了，也省錢多了倒是眞的。

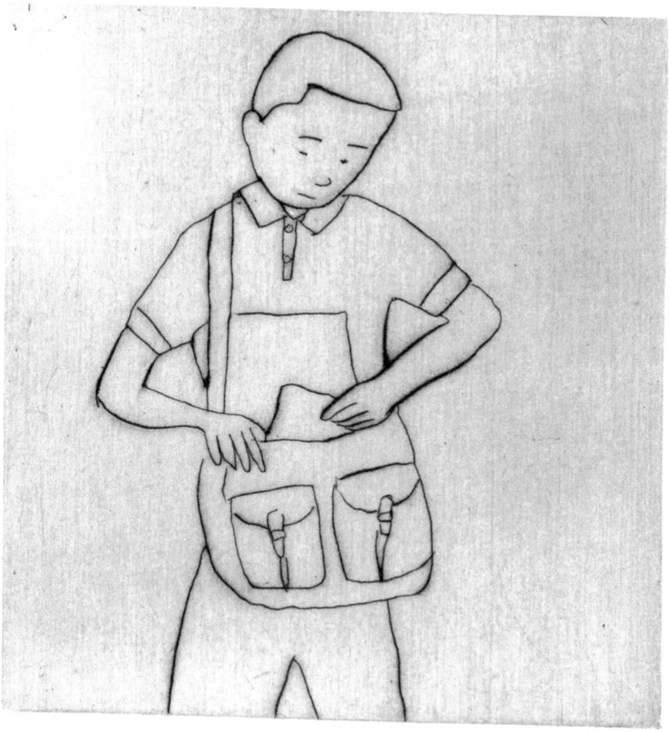

從我的經驗來說，皮箱這東西，要配合目的和內容選購完全適合的，似乎很難有好結果。倒不如，因爲什麼順便想到而買的，或迫在眉睫了隨便買的，後來反倒意外地珍貴。

長年以來，我經常用的，是在夏威夷可愛島的Hanalei買的，衝浪者用的塑膠袋。便宜得沒話說的袋子，雖然是臨時應急買的，用起來卻出乎意料之外的方便，又輕又牢，因此我經常帶著走。說到皮箱，尺寸和材質稍微不同，就會覺得方便或不方便。這要不實際用看看還不知道。

我在美國緬因州一個小港村買的，遊艇帆布做的球拍袋，也牢固地用了十五年左右。本來是爲了攜帶回力球拍而買的，但總之非常耐用，大小剛好最適合當帶上飛機的包包。這也很便宜。雖然已經磨損得很厲害了。

另外一個包，是在羅馬衝動購買的時髦皮製肩包。雖然不算多方便，但造型簡單，設計良好。很適合國內兩天一夜的旅行。常常被搬運工人誇獎「好漂亮的包包」。絕對不算便宜，但已經用了二十年以上，所以我想應該也回本了。

說起來，我並不太喜歡最近流行附車輪的小型旅行箱。又重又喀啦喀啦響，好吵。在沒鋪平的地上不好用，又容易故障。我反而喜歡可以靠自己的力量搬運，附綁帶的簡單型皮箱。旅行次數多之後，自然產生幾種哲學，不過對我來說，其中之一是「方便的東西，一定有什麼不方便」。因此旅行要帶的東西，越簡單越好。

正在寫這篇稿子的現在，我也正在爲日內瓦之行打包中。這次要帶的是在奧斯陸的桌球專門店買的運動用提袋。

本周的村上　最近常喝神宮球場名叫「神宮Highball」的高杯飲料。

啊傷腦筋，怎麼辦

過去的人生中曾經遇到過幾次「啊傷腦筋，怎麼辦？」的狀況。大約二十年前，我在美國東部紐澤西的高速公路上發生汽油耗盡的事時，就是這樣。

那時候我開的是福斯VOLKSWAGEN的CORRADO車。是新車，還不太清楚燃料表的習性，油箱指針接近空箱，還輕鬆以爲「再跑一點沒問題吧」，結果在高速公路上，突然隨著一陣噗滋噗滋的不祥聲音引擎就停掉了。我正一個人從普林斯頓往費城的途中。

急忙把車子開到路肩，當時手機尚未普及，因此無法呼叫救援的車輛。附近也沒看見緊急電話。那麼，只能越過鐵絲網走出高速公路，到什麼地方去找加油站，買汽油了。

鐵絲網外空空曠曠是個什麼都沒有的地方。雖然還不算荒涼，但也絕對不是個令人感覺溫暖的地方。我一面想糟了，一面沿路走了一會兒，終於有人了，於

是我問「這附近有加油站嗎？」回答「半英里前面有一家」。走了半英里，在那加油站買了一個攜帶用塑膠容器，用那裝了汽油，請工作人員幫我叫計程車。我向計程車黑人司機說明了事情原由，他輕輕笑著說「汽油沒了，眞叫人洩氣啊。嘿嘿嘿。」

不過其實是相當和氣的人，我翻越鐵絲網時，他還幫我提起攜帶容器交給我。等我加了油，確實發動了汽車引擎前，他都留在那裡，看著我。司機說「小心啊。別再發生汽油耗光的事了。」隔著鐵絲網揮揮手。我也揮揮手。就這樣我總算能平安無事地到達費城。從此以後，我對燃料表的指針變得相當神經質起來。希望再也不要發生那種事了。

不過那時候我深深感覺到的是，「啊，幸虧是一個人」。旁邊沒坐人眞好。當然在陌生的土地，一個人遇到這種事確實相當膽怯，不過如果旁邊坐著太太或女朋友，一定沒那麼容易了事。如果是太太可能會嘀嘀咕咕抱怨個兩小時（兩小時能結束算是幸運的），如果是女朋友，就算口頭上說「眞辛苦啊。」同情我，內心也可能開始想「眞是笨蛋。到底在想什麼。跟這個人交往可能大錯特錯了」。光想像到這裡，就冷汗直流。

到現在每次想起那件事情時，就會想「啊，當時，幸虧是一個人」。然後安心地嘆一口氣。雖然我想女人要活下去也有各種麻煩事，不過生爲男人，也是相當嚴酷的。

本周的村上　費城的義大利市場有很好的中古唱片行。不知道還有沒有。

雖然暫且在寫小說

我已經三十年以上，靠寫小說生活了，卻很少和作家同業來往。和攝影師、畫家或音樂家等，其他行業的人倒還有和常人那樣交往，只是和所謂文藝界的人則緣分比較薄。

試想為什麼呢？年輕時候見過幾個同業，當時感覺不太愉快，似乎也是原因之一。雖然當然也有幾位感覺非常好的人，不過看來好像不願意回想的、不愉快經驗在人心中比較會留下深刻的印象。

我也見過不少外國作家，其中也有令人掃興的情況。反正小說家中總是有難以相處的人。不過如果那是以前就對他懷有好感的作家的話，真的會很失望。可能再也沒興趣讀那個人的書了。

因此不知不覺之間「小說家相當麻煩」的想法便在我心中生根了，那些人會聚集的場合我漸漸不再進出。不參加業界宴會，不去文壇酒吧，也從來沒有涉足

過新宿文人常去的黃金街。

不過，我不太和同業來往的最大原因，我想可能是因為對自己是小說家這個事實還不太適應。

我在二十九歲之前並沒有寫過什麼東西，每天都做著勞動肉體的工作。但有一次忽然想到「對了，來寫小說看看」，就在半夜廚房的桌上沙沙地寫了一篇短小說（般的東西）。那偶然得了新人獎，可以說是在莫名其妙之下，暫且當上「作家」的。

因此，從此經過三十多年的現在，對於自己「是小說家」這件事，好像還繼續感覺有幾分不自在（或心虛）。雖然非常喜歡寫小說這件事本身，而且怎麼看都覺得是天職，只是對小說家的稱呼或社會地位，到現在依然還有某種無法適應的地方。

和年輕的文藝評論家隨緣和氣地愉快交談，對方說「啊，村上先生的小說好敏銳。我很喜歡讀。」一讀下個月的雜誌，同一個人寫出的卻是「村上春樹寫的小說全都很愚昧，絲毫看不出一點志氣或才華」（只是舉例而已）。有過這種事之後，我會歪頭懷疑「這到底是個什麼樣的世界？」總之就是這樣的世界，是我不太喜歡的那種世界。我如果有話要說，會大聲說清楚，不然就完全什麼都不說。

不過我常常覺得很奇怪。曾幾何時大家開始把小說家稱爲「作家桑」了。以前誰也沒有用過這種用語。好像青菜店的「青菜桑」或魚店的「魚桑」那樣，雖然聲音聽來比較輕鬆，但被這樣一叫，有時好像會搓著手走出來似的。

本周的村上　這麼說來，我對石黑一雄（Kazuo Ishiguro）這位作家非常有好感。

送禮物的人，收禮物的人

從任何觀點來看我都不算是個講究穿著的人，經常都穿著很隨便的衣服，不管怎麼說所有的衣服都是自己買的。從內衣到襪子到棒球帽，如果不是自己找的選的東西，總覺得不自在。

說到衣服試想起來，可能就像對小說家來說的文體那樣。不管別人怎麼想，怎麼批評，都無所謂。唯有使用能確信「這是自己的語言，這是自己的文體」時，才能把心裡的東西化爲具體形式。如何美麗的語言，瀟灑的修辭，如果不適合自己的感覺和生活方式的話，事實上也不太有用。

因此誰給的衣服，雖然事後會覺得很抱歉，但往往還一直收在抽屜裡。那感覺往往就像，逗點的點法或形容詞的選法，和自己的東西有微妙差別的文章那樣。穿在身上實在無法鎮定。我太太這方面也能心領神會，除了眞的非常簡單的東西之外，絕對不會幫我買衣服。只會盡情買自己的衣服（這是好還是壞呢）。

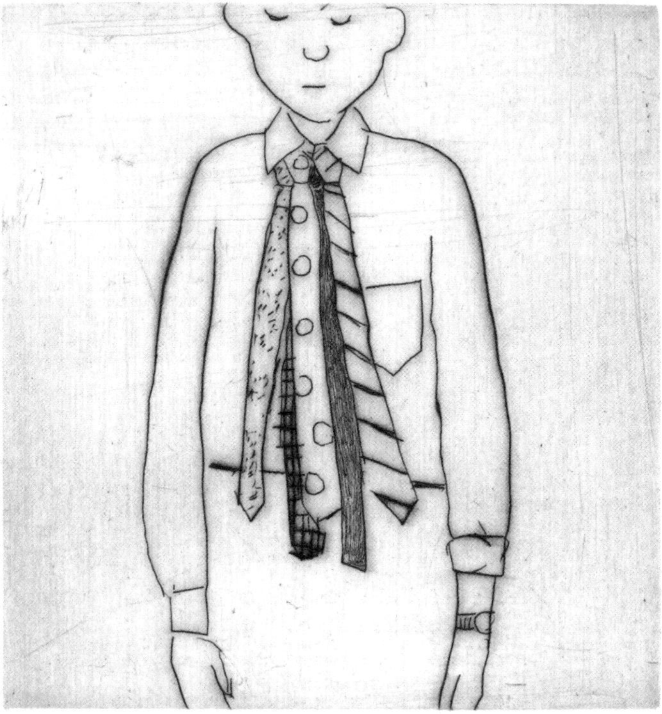

不過世間偶爾也有擅長幫別人選購衣服的人。這我是不行的。只會佩服好厲害。不管什麼事，我對擅長我不會的事的人，會衷心感到敬佩。只會敬佩卻不會看齊學習。

其中一個就是安西水丸兄，他偶爾會送我東西（大體說來他是個體貼的人）。大多是吃的東西，偶爾也會送衣服或手套，都很別致靈巧。真不愧是個會畫畫的人。水丸兄送我的東西，我大多喜歡也會穿戴。他大概平常就會暗中觀察對方，擅長看出什麼東西適合吧。幸虧我是男人，如果是女人，被這樣仔細用心的話，或許會怦然心動。真是的，這個壞傢伙。（只是隨便想像而已）。

我們周圍一定會有一兩個，與其收禮物，不如喜歡送禮物的人。這種人說起來應該都是擅長挑選的人，其實卻未必，所以世間還眞有點麻煩。

我看擅長選禮物的人時會想到一件事，他們的選擇方法沒有存著私心。就算對優質服裝有品味，但多數人會想到「這件衣服我很喜歡」或「這件衣服很想讓那個人穿」，心情先以自己爲出發點。然而擅長選擇的人，卻自然會站在對方的立場，揣摩對方的心情來選東西。這種事情，說起來雖然好像太露骨，不過這一定是天生的資質吧。

如果讓我發表一句個人的意見的話，世界上最難選的禮物就是領帶。而最常收到的禮物也是領帶。爲什麼呢？

本周的村上　有提姆·羅斯、哈維·凱托、勞勃·狄尼洛合演的電影嗎？如果有，調子一定很濃喔。

你聽爵士樂嗎？

最近我走進餐廳時，常常感覺到，很多地方背景音樂都放爵士樂。不只是葡萄酒吧或雅致的咖啡店而已，連日式餐廳或蕎麥麵店，一留神時也聽到爵士樂。

而且不是在一走進店裡立刻發現「啊，正在放爵士樂」，而是喝了一會兒啤酒，吃了一點東西之間，就像「這麼說來，這是比爾．伊文斯啊」似的，是這麼說來式的留意法。

我是個自從十五歲的時候遇到爵士樂以來，就一頭栽進那音樂裡活到現在的人，從前不可能有這種事情。什麼時候爵士樂也成爲壽司店的背景音樂了，我想都沒想過。所謂爵士樂不管怎麼說，總之是擁有要聽爵士樂的意識，伸出頭積極去聽的音樂。或者可以說，是在有點脫離世間之外的地方進行的，爲少數人存在的尖銳音樂。

例如我在高中的班上，幾乎沒有人認眞在聽爵士樂。關於音樂，我跟誰都談

不來。不過這種地方，反而覺得很舒服。一邊讀著亨利．米勒，或卡謬，便吞雲吐霧，一個人聽著爵士樂的LP唱片。是個相當古怪彆扭的高中生。

不過從某個時候開始，爵士樂似乎不再是尖銳帶刺的音樂了。可能是獲得市民權了吧，因此變圓了，緊張刺激的感覺減少了。現在雖然還有搞前端尖銳爵士的人，他們是不是投入在時代尖端的部分呢？不得不有點令人懷疑。坦白說，爵士樂整體上或許有正逐漸變成像傳統藝能般的東西了。

話雖如此，我現在還是很喜歡去爵士俱樂部。一個人信步走進一家小俱樂部，點了威士忌加冰塊（on the rock），聽著現場的演奏（已經不抽菸了。不過戒得很辛苦）。那樣的時候我會想到「上年紀或許也不錯」。因爲高中時代，想去爵士俱樂部也去不了。

東京的爵士俱樂部我也常去，不過還是美國的爵士俱樂部，再怎麼說總是主場，自然更好。我喜歡的俱樂部很多，我覺得最棒的，是紐約的Village Vanguard（前鋒村俱樂部）。從七十多年前就在同一個地點經營到現在，因此店相當陳舊了。也稍微會漏雨。菜單上的菜色很少，雖然絕對不算服務親切，不過以聽爵士樂的環境來說是沒得挑剔的。雖然店的形狀非常奇怪，但音響確實棒，從任何座位上聽都可以享受到爵士樂的美好聲音。這才是爵士嘛，有臨門一腳的踢勁音感。

上次我去紐約，一連三天到這家店去，可不是時髦的背景音樂，而是全身泡在這勁道十足的現場實況生鮮音響中。而且深深感覺到「啊，所謂爵士樂還是眞棒」。

難道你也已經傳統藝術化了嗎？或許是。

本周的村上　麥芽威士忌不加冰塊，以等量的水對淡了喝是當地的喝法。我則加冰塊。

當算命師的短暫生涯

你相信算命嗎？被這樣問到時也很難回答。因爲在信和不信之前，我對算命這種事就幾乎沒興趣。就跟高爾夫和推特Twitter一樣，我知道世上有這種東西，吸引了很多人，也完全沒有想積極否定的意思，不過我個人則完全沒興趣。這類事情，我相信你一定也有吧？

不過，不是讓人算命，而是自己幫人算命，倒不是沒有一點興趣。雖然好像很矛盾。

很久以前，我也有過相當空閒的時代。因爲實在太閒了，便一個人開始研究起撲克牌算命。買了專門書來研讀，不過不太能同意，於是自己創造了一套簡單的系統，試著以周圍的朋友爲對象算算看。於是「村上算命很準」的風聲便傳開了，也幫很多人看過運勢（之類的）。

我所做的，雖說是算命，卻不是像「五月的後半會發生大地震」之類了不起

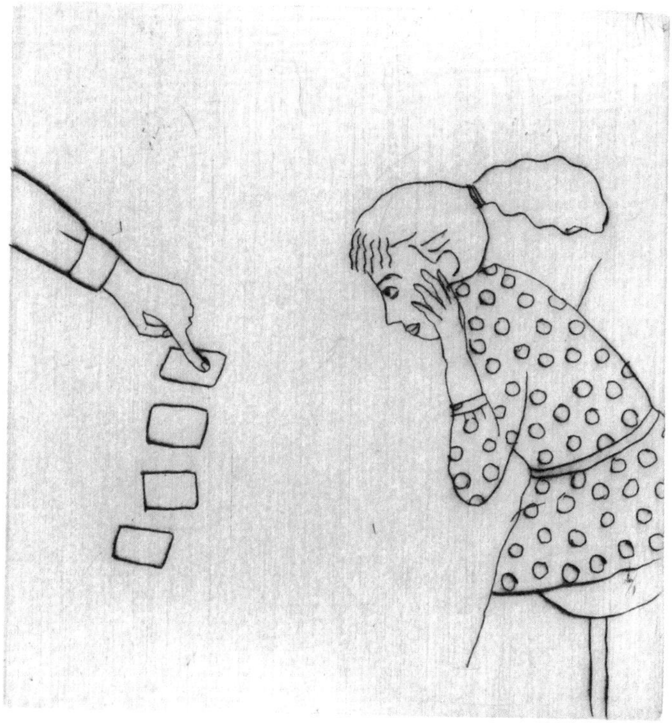

的大事，只限於商量身邊的雜事而已。不過就算是完全陌生的人，也經常能猜中「妳有姊妹，沒有兄弟吧」之類的事。

那麼，被稱讚「不得了，好準喏」時，這邊也更起勁，更投入地集中精神，努力想往更深的地方探究。我說「你周圍有兩個男人，正猶豫不知道該選哪一個吧」。結果這竟然也完全猜中。

不過現在想想，我當時所做的與其說是算命，不如說只是觀察人而已。雖然照例儀式性地在眼前排出撲克牌，但那畢竟只是暫且權充的道具而已。我屏住氣息，擦亮感覺，從對方的言語、舉止讀取對方是什麼樣的人，對什麼會如何感覺，怎麼想？細細品味那質感和觸感，從中判斷對方的性格。這樣做的話就多少可以觀察出對方有姊妹，正跟兩個男人交往，之類的小事了。

結果，那和身爲小說家的我，現在所做的事並沒有太大差別。爲了寫小說，我就不得不觀察周圍的人，必須立體地看穿作品中的出場人物才行。或許從二十歲前後開始，某種程度我已經具備了這種類似「觀察眼」。雖然那時候還沒打算寫小說。

　我當算命師的評價，雖然只在極小的圈子裡，也算相當高的，但那生涯卻非常短。因爲，做一次就簡直筋疲力盡，可是誰也不會付錢。於是就「不來了」。

　不過，現在專門寫小說。雖然自然也會累，但總算有稿費進來，而且就算沒算準，也不會被罵。眞幸運。

本周的村上　手機的來電音樂從《皮爾金組曲．清晨》改爲〈豪勇七蛟龍〉。世界總在變著。

有Blue Ribbon藍帶啤酒的光景

我以前寫過「啤酒喝瓶裝的比罐裝的要美味多了」。不過在日本因爲麻煩所以大家就喝罐裝啤酒了。還記得嗎?不，沒關係，不記得也不要緊（參考《村上收音機2》）。不過這樣的我，住在美國時就只喝瓶裝啤酒。到超級市場啤酒賣場去時，啤酒都以瓶裝爲主排列著，看看買的人也多半是選瓶裝的拿。可能認爲「啤酒應該還是用瓶裝喝」的人比較多吧。就算搬運起來多少比較重，好像也不太介意。

其次外國有不少公司經營方針上抱著「我們家的啤酒希望只以瓶裝喝」，而不製造罐裝啤酒的。我喜歡的啤酒不知道爲什麼，大多是這種公司。Rolling Rock、Bass PALE ALE、Samuel Adams等。我冰箱裡經常備有這三種啤酒，依當時的心情分開喝。

另一種我喜歡的品牌，就不只有瓶裝也賣罐裝的，就是Blue Ribbon。雖然

不是特別美味，但味道清爽，相當適合比方午後輕鬆喝。我住在麻州劍橋時，附近有一家供應從酒樽注出Blue Ribbon的酒吧，夏天炎熱的午後我常常到這裡喝。電視經常現場轉播波士頓紅襪隊的棒球比賽。

以前小澤征爾先生到我家來玩時，我從冰箱拿出那四種啤酒，問他「你喜歡哪一種？」他非常感動「噢！你也有Blue Ribbon啊！」

據小澤先生說，他在當紐約指揮家雷納德．伯恩斯坦的助理時，幾乎沒什麼收入，不得不過著貧窮的生活。啤酒也只能喝最便宜的，那就是Blue Ribbon。雖然現在Blue Ribbon已經不是特別便宜了，不過以等級來說還算是「勞動者的啤酒」吧。並不是時髦的「設計家的啤酒」。大師不勝感慨地說「啊，好懷念。讓我想起貧窮時代」，拿起Blue Ribbon來咕嘟咕嘟地喝著。難得他能喜歡，我當然再高興不過了。

克林．伊斯威特的電影《經典老爺車》（Gran Torino）的主角，是個超頑固的硬漢，以前是汽車組裝工人，經常在插著國旗的自家陽台上喝的，一貫都是罐裝的Blue Ribbon。腳跨在欄杆扶手上，一邊無趣地眺望著狹小的前庭，一邊喝著罐裝啤酒，喝完後用單手把罐子喀啦一下捏扁。捏扁的空罐在腳邊堆積如山。這相當像底特律藍領階級會聚居的地區一角風景，跟Blue Ribbon啤酒很搭調。

在一九六〇年代前半的曼哈頓便宜公寓，我想像小澤征爾先生所喝的Blue Ribbon啤酒，一定也跟那風景很搭配。

本周的村上　《卡門3D》的電影。以3D看歌劇也相當有震撼力。

滲入岩石

再過不久，熱鬧的蟬聲就要越過高峰了。七月後半開始強勁鳴響，到了八月就像決堤般吵鬧，進入九月力道慢慢減弱下來，終於被秋蟲的鳴聲取代。那種無常感，可以說很適合日本人的精神，或是夏天不可或缺的項目。

不過在北美洲或歐洲北方，因為幾乎沒有蟬生息著，因此即使提到蟬，也沒辦法傳達這方面「風物詩」般的感覺。日本的戲劇中，在夏天的場景中一定聽得到蟬聲以傳達季節感，但影片輸出到海外時，據說會把那蟬聲消音。因爲不知道蟬這東西的人聽起來，以爲是電視故障，而引起什麼問題。

《伊索寓言》中有「螞蟻和蟋蟀」的故事。那本來是「螞蟻和蟬」的故事。因爲希臘有蟬，所以伊索寫的其實是極普通的蟬的故事。然而因爲北方的歐洲人無法了解故事的意思，因此把蟬變成蟋蟀。日本人則相反，「原來如此，那是蟬哪。那樣故事就容易懂多了」。夏天吵鬧得很，但秋風一吹就零落了。然而說到

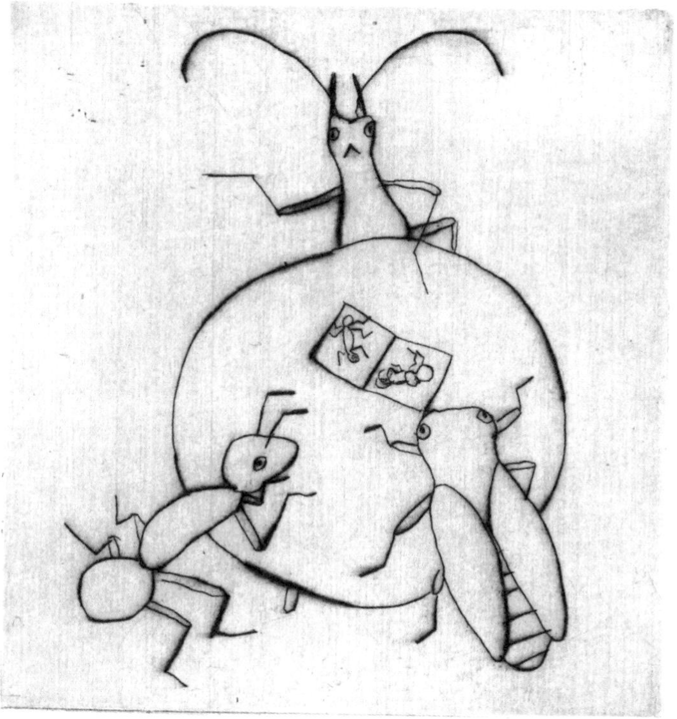

蟋蟀的叫聲，感覺就不太吻合了。

我所認識的美國人，第一次聽到蟬的聲音也是在長大成人以後，到南部旅行時。第一次聽到還不知道是什麼，還以爲是附近的電線故障發出唧唧的聲音覺得非常害怕（笑）。他說「現在已經不怕了，但總覺得是很吵的bug（蟲子）喔。」原來如此，對美國人來說。蟬畢竟只是bug而已。如果考試題目中出了，請在百字之內說明，芭蕉句子「寂靜中蟬聲彷彿滲入岩石」所含的情感，一定很辛苦。

安靜的夏天午後想睡午覺，蟲子卻叫得好吵，實在無法入睡。於是說，大家把牠抓起來，在岩石上喀喀地磨進去，一定很酷吧。

從前，法國的女性大臣因爲說了一句「日本人像螞蟻般工作」的發言引起物議，不過如果你突然被問到你覺得螞蟻的生活好，還是蟬的生活好，恐怕也很難選擇吧。我是牛年山羊座血型A型的人（沒有關係嗎？）因此算是比較偏向螞蟻的類型，一方面又是個人主義，覺得不喜歡過那種僵硬的團體生活。

但本性是沉默寡言的，所以整個夏天要緊緊趴在樹枝上「唧唧」地吵鬧鳴叫，可能也和我的個性不合。雖然對拿著網子的小孩咻地灑一泡尿再逃走可能也很快樂。

不過無論選螞蟻或選蟬，一定都不會去想自己身爲螞蟻或身爲蟬的意義吧。只是以螞蟻活著，以螞蟻死去。只是以蟬活著，以蟬死去。其中當然沒有選擇的餘地。沒有必要思考活著的目的是什麼。有時也會想，這種人生也很螞蟻吧，不是開玩笑。

本周的村上　「讀幾次都很難理解」的文章，無意義地繞著腦子不離去。幫個忙吧。

所謂新宿車站裝置

我經常這樣想，世間如果有這種東西的話會稍微方便一點，卻很難有人幫我商品化、實現化。

例如小音量的汽車喇叭。車子開在狹小的路上，要輕輕提醒走在前面的人「車子來了喔」，但一按大聲的喇叭會把人嚇一跳，顧慮之下不能按。這種時候計程車司機會很有要領地，小聲「叭」輕按一下喇叭。我有時也模仿看看，卻沒辦法那麼靈巧。要不是完全不響，就是發出很大聲的「叭」，被冷冷瞪一眼。

所以我想如果有跟平常不同的「輕聲型」喇叭，在方向盤旁邊裝一個，該多方便。我以前也不知道在哪裡建議過，但好像誰也沒理我。爲什麼呢？我想裝那樣一個按鍵，比起脫離核能發電．開發新能源，應該沒有多麻煩，也不會怎麼妨礙行車吧。

另外一種我覺得有的話該多好的東西，是「新宿車站裝置」。這是我從前想到並實際使用過，還滿好用的東西。首先我到新宿車站（實際上任何車站都可以，總之）去，把站內的廣播錄音起來。回家把那錄音帶放進收錄音機裡設定好，事先放在電話旁邊。

然後當嚕嗦的推銷電話打來時，我就按下那按鍵，把收錄音機抵在電話聽筒上。於是「讓您久等了。總武線往津田沼的列車現在正到達13號月台。請退到白線內側」，喀噠喀噠……類似這樣的效果音便傳了過來。於是我說「對不起，現在我人在新宿車站，馬上要上電車了，不得不掛斷。對不起！」說著就把電話掛斷。

這實際上做起來出乎意料之外的方便。對方冷不妨遇到這種狀況什麼都說不出來。因爲以爲是打到家裡，怎麼會打到新宿車站的13號月台去了呢（那還是手機尚未普及的時代）當然會嚇一跳吧。怎麼搞的？事情能快速解決太棒了。如果有不想寫的邀稿電話、分手電話，或妻子的抱怨之類的，都能簡短掛掉。

只是把那錄音帶放進收錄音機裡，經常放在電話旁邊也很麻煩，因此如果電話機裡本來就附有那樣的裝置的話，可能會很方便。例如能選東京車站、羽田機場、麻將館（「對不起，現在我正在聽牌」，喳啦喳啦）這樣，多開心。說到羽田機場的效果音，可以用像青江三奈的〈國際線候機室〉的前奏那樣不錯吧……這麼說你可能也不知道。

以前我聽過VOLVO車在美國市場銷路變差了，徹底調查原因之後，發現只不過「因爲沒有附杯架」而已。一點小小的方便卻出乎意料之外的重大啊。

本周的村上　跟市川海老藏先生用餐的時候，點炸蝦蓋飯（海老天丼）畢竟很失禮吧？

對不起啊，貝多芬

這個夏天，我參加了十天在瑞士雷曼湖畔舉行，由小澤征爾先生主持，爲年輕弦樂演奏者所辦的研討會。話雖這麼說，我既不會拉小提琴也不會拉大提琴。只是以觀察者的身分，參觀大家的練習，最後欣賞他們的成果發表音樂會，並就這件事寫成文章。

這研討會由七組弦樂四重奏團所組成，演奏由海頓到楊納傑克的七首弦樂四重奏曲。因爲弦樂四重奏曲是樸素的曲子，剛開始並不容易有好感，不過一旦迷上後就會一直著迷。跟麻將一樣……這麼說，並不是很好的例子，不過由四個人參與這點說起來也相同。說到弦樂四重奏團，練習之後大家圍一桌應該很快樂吧，忽然想到這種無聊事。

我聽說，要維持定期練習的固定弦樂四重奏團似乎並不簡單。首先必須聚集四個實力程度相當的人才行。必須音樂的喜好傾性相同，而且個性要合得來也很

重要。因爲靠弦樂四重奏團的活動很難餬口，因此也不得不考慮到維持生活的問題。

原來如此，旁人看來演奏這件事，好像一團和氣而輕鬆愉快，實際上營運卻很辛苦。

不過這種事聽得越多，我覺得弦樂四重奏團和打麻將很像的想法越強。試想起來，麻將大體上也是和程度相當的人打才最有趣，某種程度個性也要能合得來，才能打得一團和氣。

我高中時候就迷上這種從中國傳來的複雜遊戲，經常把功課丟一邊，只顧打通宵麻將。不過到了面臨三十歲前逐漸減少打的次數，從某個時候開始就斷然不再玩了。雖然每天工作忙起來也有關係，更重要的可能是覺得跟合不來的人同桌打牌，實在受不了的原因比較大。

麻將是個不可思議的東西，三個人爲止，牌友立刻湊得起來。如果是這三個人可以玩得很愉快。然而三缺一的另外一個卻很難找。雖然可以列舉幾個候補者，但「那傢伙，輸贏不乾淨」或「人雖然好，動不動就火大」，意見紛紛很難一致。可是沒有別人可想，又想打牌，於是「好吧」妥協了讓那人加進來，果然不出所料，打完牌感覺不是滋味。這種事經歷幾次後，覺得麻煩，漸漸就不打了。深深感到世界上有這麼多人，但要湊足適當的四個，還眞難！

要組成弦樂四重奏時，或許也會發生同樣的問題。一邊聽著貝多芬那非常內省的作品130號，我的念頭忽然飛到麻將上去。對不起啊，貝多芬。

本周的村上　如果有「味道糟得以爲是發泡酒地步」的啤酒……就傷腦筋了吧。

快樂的三鐵

你參加過三鐵（triathlon）比賽嗎？對，就是游泳和自行車和馬拉松，三種連續做的那個。我每年會去參加一次。開始做起來還滿有趣的，會迷上。雖然可以聽到旁邊有人嘀咕「那種東西怎麼可能有趣嘛？」

我也參加過幾次夏威夷火奴魯魯每年五月左右舉行的火奴魯魯三鐵大會。那比賽愉快的是，海水是溫暖的，游泳不必穿防寒衣，可以裸著上身咻一下跳下海，再游回來，就那樣直接跳上自行車。眞是輕鬆愉快。如果要穿防寒衣，實際穿過就知道，是相當麻煩的事。以做愛來說，就像……不，算了。

這個大會相反的令人有點爲難的是，要在小腿肚上用簽字筆寫上年齡。例如59歲就必須自己老實申報「59」。不知道現在怎麼樣了，不過幾年前還這樣。爲什麼非要這樣做不可？男人還好，有些女人可能會討厭吧。

不過，在最後的跑步路段，追過比自己年輕的人時，心情自然很爽。上次

72
36
59

我追過一個小腿肚上寫著36的人時，對方還「嘿，等一下，59，你眞的有59嗎？喲，騙人吧。爲什麼36的竟然被59的追過呢？」固執地向我嘀咕了一陣子。

「少囉嗦！這不是年齡問題呀。」心裡雖然這樣想，不過要說出口可能會吵起架來，當然沒說。只笑咪咪地揮揮手，就那樣超過去。

相反的要超過寫著72號的人時，會出聲說「加油啊」。我想到了72歲希望還能參加三鐵大會。

我開始參加馬拉松賽跑是在三十出頭時，那時以年齡別起跑是屬於前面的。還年輕嘛。隨著年齡的增加，漸漸被推到後面，現在終於到最尾巴了。因此到起跑爲止，要等很長時間，在那之間不得不被寒風吹著。眞過分，應該有一點敬老精神嘛，雖然這樣想，不過在大會營運上也沒辦法吧。

只是不管活到幾歲，到了馬拉松比賽和三鐵大會前一天，要準備服裝、釘上號碼，要重新穿上鞋帶，整理補給品，還是很興奮、很開心。簡直像小學生要去遠足那樣的心情。

上年紀這回事，要當成是失去各種東西的過程，或當成累積各種東西的過程，我想，人生的品質也會相當不同。聽起來好像相當狂妄似的。

本周的村上　在地下鐵的懸垂廣告上，查看女性雜誌的附錄，不知不覺已經變成習慣了。

走吧，去旅行

不久前，我才寫過旅行箱的事。要帶什麼樣的皮箱去旅行才好。那麼，繼續下去，關於皮箱的內容。

準備打包的祕訣，不用說，是盡量減少行李。旅行中東西自然會增加，因此事先預測酌量減少打包的東西。不過很多人會擔心要穿的衣服帶不夠，結果是帶回好幾套「沒穿上的」衣服結束旅行。

我平常，就先準備好國外旅行時要帶去的衣服。就是旅行途中可以丟掉的衣服。T恤衫啦、襪子、內衣，覺得「這可以不要了」，就整理在一起帶出去。然後穿了就一件一件丟。既省得再洗，也減輕行李，一舉兩得。

只是女性的情況，比方新婚旅行最好不要這樣做。如果說「因爲麻煩所以我把穿舊的內衣褲都帶來了。村上也這樣說過。」新郎一定會愕然。村上是什麼東西，可能會變成這樣。這方面請以常識判斷，依個案自行決定。請盡量不要給村

上帶來麻煩。

只是一旦決定要洗衣服的話，就絕對要勤快地洗，這是原則。一有片刻時間就立刻洗起來，用大浴巾一圈一圈像捲蛋糕般捲起來，在那上面使勁踩。這樣把水分吸乾，再晾。很快就乾。

＊

寫到這裡，好像很習慣旅行似的，其實我也有弱點。那就是唱片。去到外國各個地方，我一定會到中古唱片行去，看到稀奇的唱片，就會買個二十張、三十張。如果有時間就以郵包寄回日本，卻不太有這時間的餘裕。原來計畫周到的行李對策，到這裡也瞬間瓦解。

那麼，如果我太太也一起去的話，她就會嘀嘀咕咕抱怨。「已經有那麼多唱片了，爲什麼還要買？」沒辦法。這是毛病嘛。不過我太太也不能說得太得意，因爲她會把從湖邊撿來的漂亮石頭抱一大堆回來。既占空間，又重。我當然也會抱怨。「帶那麼多石頭回家幹什麼？」不過，彼此都不能批評別人。

總之，我想說的是，旅行就是因爲會發生無法預料的事所以才快樂。如果一切都照當初預定計畫順利進行的話，可能就不太有旅行的意義了。

這姑且不提，每天在旅行所到之地，把舊衣服一件一件丟掉時的快感，相當美好。襯衫一件、襪子一雙，雖然並沒有多重，但覺得自己這個人好像每次都變輕一點似的。如果不嫌棄，你也不妨試做一次看看。不過反過來說，如果不是在旅行的地方，可能就很難割捨了。這也是旅行的效用之一吧。

本周的村上　赤塚不二夫的漫畫可愛叔叔，是用什麼樣的畚箕？我想不起來了。

秋高氣爽

秋天你經常讀書嗎？老實說，我並沒有多熱心讀詩。不過倒也擁有幾本個人喜歡的詩集，有空的時候會從書架上抽出來，啪啪地翻一翻。與其流利的詩、抒情的詩，我更喜歡以日常性散文．口語化豪放書寫的文字。

木山捷平有一首叫「秋」的短詩（昭和八年，一九三三年）。

說是買了新木屐
於是朋友忽然來訪
我正刮完鬍子
兩人便往郊外
喀啦喀啦地踏秋

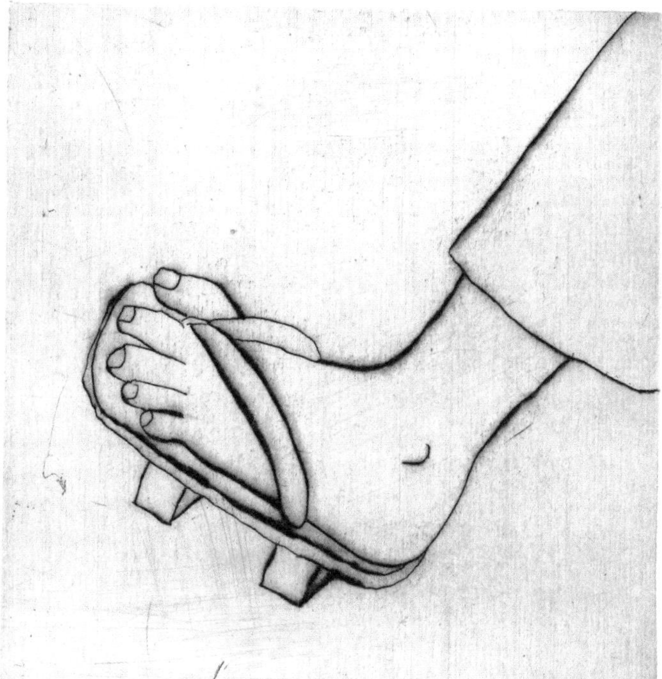

只不過是五行易懂的詩，雖然完全沒有採用做作的語彙，但光讀著，當時的情景和心境已經完全浮現眼前。好像聽得見喀啦喀啦新木屐的踩踏齒音。我覺得是既可愛又雄辯的詩。到了秋天，在某個時間點忽然想起這首詩。

這本《木山捷平全詩集》盒裝本，我是在青山通舊書店發現的。同樣內容的我已經有文庫本了，因此「三千圓，怎麼辦」猶豫了一下，結果買了。不過詩集這東西，以盒裝本形式擁有眞好。就算偶爾才讀一下，也會感覺人生有點收穫。

*

我第一次讀這首詩時，就感覺到「這應該是還年輕的人所作的詩」。實際上昭和八年木山捷平才二十九歲。爲什麼會有這種感覺呢？從朋友說「因爲買了新木屐」就忽然來到我家，這種狀況，而且把這種事當成平常的事來掌握的感覺，是還二十幾歲的人才會有的。

我年輕時候也有過這樣的朋友。現在不在了。該說很遺憾吧，不過現在如果說「啊，我買了一雙Reebok新鞋喲」，忽然沒預約就跑來，可能也傷腦筋。既有預定的工作，也有家庭的情況。

高中時候，深夜正在面對書桌做功課（或什麼）時，玻璃窗忽然被小石頭丟響，探頭看看外面，朋友正揮著手。說「要不要到海邊去燒柴火」。於是一起走到海邊。然後撿一大堆流木點起火，沒有特別談什麼，兩個人就在沙灘上望著那火幾小時。那時兵庫縣蘆屋市還有乾淨的自然沙灘，望著柴火幾小時也不膩。

不過有那樣空閒的時期，很遺憾在一般的人生中並不能持續多長，能陪你消磨時間的同伴人數也會逐漸減少。

不過讀這本木山捷平的詩時，那種時代心情的存在感不禁復甦，感覺眞好。我想能有親近的人一起到郊外去散步「喀啦喀啦地踏秋」也眞開心。

本周的村上　上次我做了一個在家裡養了一頭牛的夢。那很費事吧。

嗯，不太順利

我幾乎不會給別人忠告。本來就抱著「盡量別多管閒事」的方針活著也有關係，另外一點是，因爲我過去所提出的建議，我想不起任何一個曾經帶來好結果的例子。

我忠告別人「往右邊走會比較好」，大多的情況，後來卻證明往左邊走才好。我勸情侶說「那麼，你們就結婚好了」，結果兩對都在幾年後離婚收場。所以結果事情變成「那時候，別聽村上的話就好了」。爲什麼會變那樣，原因我也不清楚。可能對我來說，是高明的做法，跟對別人來說，高明的做法稍微有一點不同吧。

因此從某個時候開始，有人找我商量，我就開始採取只聽對方的說法，卻不提出忠告，也不提結論的方針了。抱著雙臂，「嗯，原來如此，那眞不簡單啊。發生了很多事情。是嗎？很難順利進展喔。那麼，你怎麼辦呢？」像這樣一邊搭

腔，一邊很熱心地傾聽之間，到了適當時候，話自然就結束了。這樣也可以不必負責任。

這並不是藉口，不過我覺得世間多數的人，可能與其實用的忠告，不如更需要溫暖的搭腔。活到這把歲數，累積了一些經驗之後，才漸漸開始領悟到這點。

而且所謂結論，往往並不是由這邊勉強拉出來的東西，而好像是從那邊決定順序自己來造訪的。所以我覺得，這邊好像只能鋪好乾淨的坐墊，安靜等待他的來臨。那麼，如果不來就不來，也沒辦法。

因此，無論怎麼樣，請別到我這裡來求取忠告。那只有浪費時間。一定不會有結論，就算有，肯定也幫不上忙。眞的。

報紙上常常有人生諮詢之類的專欄，不過我實在沒辦法當那樣的回答者。讀任何問題我都完全想不起勸告的答案。我只能說「嗯，那眞不簡單啊。發生了各種事情。那麼，你怎麼辦呢？」之類的話。

例如「我在瑞穗銀行南參道支店當支店長，可是我很想搬到阿拉斯加去，徒手跟熊搏鬥。我應該辭掉銀行，離開妻子嗎？」來跟我商量，我也沒辦法回答吧。當然很想知道，去到阿拉斯加的支店長後來會遭遇什麼樣的命運，不過卻不想對那個負責任。我想那種事情應該自己決定，結果會怎麼樣，也要自己負責吧。畢竟當到瑞穗銀行的支店長了啊。

不過，那種人當支店長的銀行，把錢存在那裡到底妥當嗎？倒是有點難以判斷。那麼，怎麼辦呢……。

本周的村上　瑞穗銀行並沒有南參道支店。支店長也沒有模特兒。本節純屬虛構。

在自己身上做實驗的人

我從小就一貫是個典型文科系的人，對數字、物理和化學之類的東西非常弱。這些科目學校的成績，當然也很糟糕。因此老實說，對研究科學的人的精神狀態，有些地方我也不太能理解。

爲了探求眞理，除了不厭其煩地做動物實驗之外，還把自己放在實驗台上。我讀了收集這些科學家們的眞實故事編輯成的《想以自己的身體做實驗》（*Guinea Pig Scientists: Bold Self-Experimenters in Science and Medicine* by Leslie Dendy and Mel Boring），無法理解的程度就變得更深、更強了。

例如羅馬尼亞的法醫學者米諾維奇先生，爲了知道被縊死窒息而死對人體的影響，自己上吊了八次（雖然是短時間）。這種事情一般人不太能做吧。

爲了知道人類能忍受多高的溫度，有幾個英國人把自己關在攝氏127度的房間裡，帶進去的牛排肉三十分鐘就變成全熟狀態了，瓶裝的葡萄酒全都蒸發

掉。這樣他們還繼續留在裡面。「大家都好高興。因爲能有機會觀察置身於比被視爲生物極限更高溫的空氣中，人類會變什麼樣子。」一位參加的學者這樣說。到底什麼地方值得高興呢？

有很多病理學者在自己的身體注射病原體，刻意感染那種病。其中有幾位當然喪失性命了。瑞士的波恩託醫師爲了確認蛇毒血清的效果，讓自己的身體被三隻黑奎蛇咬。埃及研究痲瘋病治療法的拉戈達奇博士，把患者的血液注射到自己體內三次（感染了，但也成功治療好）。古巴的珍希・拉吉亞博士爲了確認黃熱病的原因是蚊子，而讓吸了患者血液的蚊子咬自己。實驗成功了，假設很恭喜被證明了，但博士也在痛苦中死去。眞要命啊。

何必做到那個地步呢？……我一邊讀著書一邊深深嘆息，不過另一方面，試想起來，覺得我們這些非科學性一般人的人生，也像是某種實驗似的不是嗎？

例如我這三十年間，每天跑步。開始跑的時候，覺得跑步這件事非常有趣，懷著「就這樣繼續跑下去的話，我的人生到底會如何改變下去？」的好奇心。而且決定試著對這好奇心固執地追究看看。

結果，長年繼續跑下來，我內部有什麼改變嗎？我想大概改變了。在體型上、精神上和身爲小說家方面。但因爲現在並沒有可以並排比較的「沒跑的」我在這裡，所以很遺憾無法做科學驗證。只能靠自己實際感覺到並承認「因爲每天繼續跑，所以我確實改變了」。雖然完全稱不上科學性，不過這也可以說是耗費了大半生，用我的身體所做的一個實驗吧。

不過我想總比把手腕讓黑奎蛇咬要正常多了。

本周的村上　我被貓咬過好幾次，不過要讓黑奎蛇咬就有點討厭了。

各色各樣的編輯

我和在德國的出版社上班的女士談起，任何國家最近男人似乎都不如女人工作來得起勁。據她說在德國出版界，本來想當作家，但當不成才來當編輯的例子，男人非常多。「但很奇怪，女人卻沒有這種情況。本來想當作家的女編輯，我一個都不認識。」

所以男編輯中，很多是相當彆扭而麻煩的傢伙。比較起來，女的則工作勤快，務實多了，因此工作容易推展。她的說法比較婉轉，但大體上就是這個意思。「那麼，在日本怎麼樣呢？」被這麼一問，我也窮於回答。嗯，日本怎麼樣呢？不太清楚。

負責跟我聯絡的編輯從以前開始，就男女大約各半。我這邊並沒有男的怎麼樣女的怎麼樣的意識。只要認眞把工作做好，我完全不過問性別。同性戀或女同性戀也沒關係（實際上兩者都有過）。不過，如果由非常漂亮的編輯負責聯絡

的話，這邊也多少會緊張，可能會妨礙工作也不一定，但這種事不知是幸或不幸……不，說出來不太妙。算了不提。請忘掉。

當了小說家三十多年，曾經跟不少編輯合作過，一一回想起來，其中也有些有點怪的人，有點讓人覺得不解的人。以下只是其中的例子。

我們約在喫茶店，我點了簡單的咖啡，他則點了水果百匯，有這種文藝雜誌的男編輯。要在狹小的桌上攤開稿子洽談，所以我很想說，別點那麼麻煩的東西嘛，但又不方便正面指出來……。公司在員工教育時，應該也不會提到該注意「跟作家洽談時，不適合點水果百匯」之類的細節。

我在自己的書房完成工作之間，讓編輯在客廳等候。工作告一段落說「久等了」走出來時，他竟然正以認眞的眼神，緊緊握著我太太的手。怎麼回事？原來那個人有看手相的興趣。不過，畢竟筆者在後面工作著，所以在那之間也不該握著人家太太的手啊。這對心臟不太好喔。

我們到一個休閒度假勝地去採訪旅行時，空閒時間年輕編輯穿著游泳褲做日光浴過久了，皮膚曬傷得很嚴重，我和攝影師還得半夜照顧他。出版社負責員工教育的人，必須設想各種情況，也眞辛苦。

可能只是碰巧而已，我的人生過程中遇到的該說各色各樣的編輯，或這種「有點怪的編輯」一律都是男性。女性到目前爲止，大概都很正常。不知道爲什麼。爲什麼噢？

本周的村上　如果有人有空，可以在世田谷區開一家「用賀瑜伽教室」嗎？（譯注：用賀是東京世田谷區內的一站地名，日語發音yoga和瑜伽諧音）。

我死的時候

有一位美國女作家桃樂絲．派克，以措詞辛辣著名，曾經說過這樣的話。「我死的時候，墓碑上要刻『如果能讀出這個字，你就離我太近了』。」

桃樂絲女士是活躍在一九三〇年代的人，因此當然已經過世了，實際上好像並沒有把這句話刻在墓碑上。雖然非常像她的作風，應該會成爲很有個性的帥氣墓誌銘。但很遺憾，聰明的玩笑和機智，似乎不適合墓地吧。

我從以前不知道爲什麼就對墓誌銘很感興趣，去到外國旅行時經常到墓地散步，繞著讀上面寫的文字。尤其巴黎的墓地有很多著名藝術家的墓，可以度過相當充實的半天。

作家費滋傑羅的墓在美國馬利蘭州的小鎮上。沿著國道一個小基督教會的後方，非常普通的墓地。完全沒有類似靜悄悄的風情。他過世的時候，相當貧窮。沒有圍繞墓地的圍牆，通過公路的車子不斷發出輪胎聲。墓石上刻著《大亨小

傳》最後著名的一節文字。

So we beat on, boats against the current, borne back ceaselessly into the past.

「於是我們繼續划，逆水行舟，不斷地推回過去」。

好美的文章。

但不管多苦，還是決心繼續活下去，以這樣的費滋傑羅的墓誌銘來說，氣氛似乎有點不太相稱。我站在他的墓前，腦子裡忽然浮現「被雨打著的死者幸福嗎？」的句子。參加者稀稀落落的蓋茲比的雨中葬禮，有人忽然冒出這一句。

嗯，不過這可能也不適合當墓誌銘。有點太寂寞了。

至於自己，我所寫的文章中，現在想不起任何一句適合刻在自己墓碑上的句子。不過沒有墓誌銘也完全沒關係。只要能讓我安心躺著，就行了。只是如果不是自己的文章也可以的話，我想這句也不錯。

「什麼都不想。只想風。」

這是楚門．卡波提的短篇小說〈關上最後一扇門〉的最後一行，不知道爲什麼，我的心從以前就被這句強烈吸引。Think of nothing things, think of wind。我第一本小說《聽風的歌》，念頭裡也是想著這文章而取的書名。nothing things的語感非常好噢。

卡波提自己的墓碑上刻了什麼文字呢？因爲沒有造訪過所以不知道。他的宿敵作家高爾・維多（Gore Vidal）把他的死評論爲「聰明的生涯變動」（Good career move）。我聽了非常驚訝「作家說話眞過分」，不過也不得不佩服這種能以寸鐵刺人的言語感覺。但這種話，總不能用來當墓誌銘吧。

本周的村上　我想到「燒熱的石頭澆上橄欖油」的句子，意思不明吧。到底要用在什麼情況呢？

在很多人面前

我本來就不擅長在人前露面做什麼事，所以總想盡量窩在家裡，一個人工作，不過立場上（聽來好像很狂妄，不過我也算是有立場的人）也有無論如何非要出現在公共場合不可的情況。

只是，雖然覺得眞討厭，一旦下定決心「這個逃不掉」時，總能想辦法度過。我的情況不知道爲什麼，在很多人前面也不會「怯場」，這倒輕鬆。我在美國的大學站在兩千人前面，講過三十分鐘話，並不覺得緊張。可以相當輕鬆地說話。過程中大家也經常笑，度過了相當愉快的一段時光。

此外也在千人左右的聽眾前，說過幾次話，並不在意人數的事情。視力不太好，看不清聽眾的臉，可能也是能不緊張的原因之一。只覺得「好像有人啊」就過去了。

然而站在二十個人到五十個人左右人數的前面時，卻有話無法順利說出的

情況。爲什麼呢？因爲臉看得清楚所以緊張嗎？相反的人數如果更多的話又如何呢？也想如果在東京巨蛋那麼大的場所，面對五萬人試試看。說「嗨，大家，有在讀嗎？」當然，是開玩笑的。

只是本來就不喜歡出現在人前，因此就算當時總算度過了，事後卻會累得不得了。會變得像厭惡自己般，無法工作。所以我盡量不在人前露面。請諒解。

也從來沒在電視上演出過。我是個會搭巴士，或漫無目的地散步，在附近店裡買蘿蔔、買蔥，過著普通生活的人，因此走在路上如果有人跟我打招呼，就麻煩了。總不希望被人家說「嘿，嘿，媽媽，妳看哪。村上春樹上電視耶。長得滿有趣的臉喔」。要長成什麼樣子是我的事。

很久以前，NHK的教育電視台邀我上節目。我一如平常那樣說「因爲我不太想在公眾面前露面」而拒絕了，結果負責的導播說「嘿，村上先生啊，我們的節目收視率只有不到百分之2。幾乎沒有人在看。你不用擔那個心」。我一方面想「哦，原來如此，是這樣啊」，又想到「等一下。不是這個問題吧」。我認識一個說「一下子就結束」逼女人發生性行爲的傢伙（世上怪人還不少），NHK的人說法有點像那個吧。人家這樣說，也絕對不會有女人說「是嗎？如果很快結束，好吧，來一下吧」。又不是捐血。

就這樣，我還從來沒有上過一次電視。在電視攝影機前，會怯場嗎？還是不會？

本周的村上　擁有「村上收音機」的連載專欄，卻從來沒上過收音機的廣播節目。

午睡達人

試想起來，年紀大了之後，覺得比年輕時輕鬆的事，居然還滿多的。例如「變得不容易受傷了」也是其中之一。被人說了什麼過分的話，或做了什麼過分的事，不再像年輕時候那樣，像被刀子猛然刺進胸部，夜裡也睡不著覺般的事情變少了。心想「算了，沒辦法」，從白天就呼呼地睡著了。不過從白天就能睡著的，可能只有我吧。

我想這可能是習慣問題。人生活久了之後，被人家說過分的話、做過分的事的經驗，都會逐漸累積，所以那反而變成家常便飯了。「爲了這種事就一一受傷的話，日子可沒辦法過下去」會這樣想開，也會學到如何巧妙閃開那刀鋒要害的祕訣。

如果能做到這個之後，心情當然就放鬆了，試想起來，也就是我的感覺漸漸變鈍了喔。爲了不再受傷而穿上厚厚的鎧甲，或讓皮變厚的話，感覺到的痛也會

減輕，相對之下感受性也失去敏銳度。不能再像年輕時那樣以新鮮靈動的眼睛看世界了。換句話說，我們學會以這種損失交換到，讓現實生活比較好過。唉，某種程度也是沒辦法的事。

不是我自豪，我經常午睡。每天在工作場所的沙發睡覺。工作一陣子之後，頭腦逐漸開始模糊不清，心想「這樣不行。只能睡一下」於是躺下來，立刻睡著。而且準三十分鐘就醒過來。這時頭腦非常清楚，心情也變得很積極，可以立刻再開始繼續工作。

如果世間沒有午睡這種事情存在的話，我的人生和我所寫的作品，或許會比現在陰暗幾分，彆扭幾分也不一定。雖然如果有人說，那樣不是反而比較好嗎？嗯，我也沒辦法適當反駁。

午睡的時候，經常先讓音樂小聲響著。多半放室內樂或巴洛克音樂。放的CD大多是固定的。換句話說我有「午睡用音樂」這種私人類別。演奏家們都拚命在演奏，我卻拿來當午睡的BGM背景音樂眞不好意思，雖然會這樣想，不過只是順其自然就變這樣了，只好請諒解。

那麼，過午一點左右在沙發躺下，一邊似聽非聽著舒伯特的弦樂五重奏曲，「啊，今天心並沒有特別受傷，可以這樣悠哉地午睡。太好了」一邊感謝人生。

這是我個人的意見，我覺得如果年輕時能先在社會磨練磨練扎扎實實地受過傷的話，年紀大了之後，就能相對的比較輕鬆。如果有討厭的事情時，就蓋起棉被蒙頭睡一覺。再怎麼說這都是一級棒的。加油喔。

本周的村上　午睡起來後，自己身在哪裡，現在是什麼時候，會一時糊塗。還滿喜歡這樣。

孟克聽到的聲音

你知道孟克有一幅叫《吶喊》的畫吧?站在橋上臉大大的歪著，雙手圍著臉頰，嘴巴張開得圓圓的畫。電影《小鬼當家》（Home Alone）的海報構圖，就是主角男孩做了一個和這同樣的吶喊姿勢。

不過，我不知道，真正喊叫的，據說並不是畫中人物。而是他在空中聽到「貫穿自然的無止盡的吶喊」，於是掩起耳朵，嚇得發抖。人物的模特兒是孟克自己，他說在彷彿流著奧斯陸的血液般的暮色中，實際聽到了那吶喊聲。

那是什麼樣的吶喊?並沒有說明。不過一定是可怕得令人毛骨悚然，只有傳進他耳朵的吶喊吧。從包圍著他的風景和心象上激烈扭曲的模樣看來，可以這麼推測。

雖然現在可能會被當成「那是幻聽啊。最好去讓精神科醫師看看」，不過對十九世紀末的歐洲藝術家來說，幻聽、幻覺或錯覺，是家常便飯的事。沒有一點

半點瘋狂氣質的畫家、作家、音樂家，甚至會被大家輕視「那傢伙，太輕浮」。有類似那種時代空氣。

不過從此經過百年以上的今天，人們不知道爲什麼似乎還強烈地被這幅畫所吸引。我試著上網檢索了一下，光是和《吶喊》有關的畫像，就出現了十三萬七千件之多。雖然不可能全部看（沒那麼空閒），不過大致看一下，其實就有各色各樣頗有深趣的東西。例如香腸切成像《吶喊》般的便當、臉長得跟《吶喊》一模一樣的狗、和畫一模一樣的板牆木紋、演技做同樣表情的淺田眞央、很像的衛星照片地形、以兩個乳頭和肚臍模仿《吶喊》的男人、浮在倫敦上空像《吶喊》臉形的雲……啊，看著並不覺得膩。世界似乎充滿了「孟克的吶喊」（或那暗喻）。

看著那些我一邊想到，孟克兄在奧斯陸的暮色中所聽到的「吶喊」，可能是任何人都暗藏在內心深處的不安的尖銳共鳴般的東西。有人能清楚地以聲音聽取——或聽到了——也有人只是繼續保持無聲。因此從那橋上男人恐怖地誇張變形的臉上，我們或許可以超越時代（不，勿寧該說正因爲是現在）才更能清清楚楚感受到什麼吧。而且結果，才會不知不覺就把便當的香腸也做成《吶喊》的臉了。至於有誰會樂意去吃這種東西，就不知道了。

孟克除此之外也有名叫《憂愁》的畫，那主角的臉非常像我，幾個挪威人這樣告訴我。很想到奧斯陸的美術館去看看實物，嗯，有那麼像嗎？

本周的村上　沒有基本政策的政府，就像沒有廁所的啤酒屋那樣。比喻。

狗走路的話

在我們的人生中，常常懷著疑問，卻在無意間就那樣放過的事，還不算少。是怎麼回事？心想什麼時候一定要查個清楚，卻被日常的瑣事纏身，變成依然是永久的問號。我也還有相當多這種「未解明的疑問」。

「色は匂えど散りぬるを我が世誰ぞ常ならむ有爲の奥山今日越えて浅き夢見じ酔ひもせず」（譯註：日本以47個假名文字編成歌曲，如英文的ABC般，練習字母，並意含諸行無常的世界觀。）這「いろは卡片」中有一句「狗走路也會碰到棒子」。最近幾乎已經沒人玩這卡片遊戲了，不過這句現在似乎還以國民諺語通用著。一般意思是指「就算漫無目的，總之勤快走動，不久也會遇到什麼好事」。

不過想想看也眞是奇怪的說法，狗走路會遇到棒子，爲什麼算是「好事」呢？被這樣一問，大多數人大概都答不出來。至少，我就答不出來。

那麼，好吧這次是個好機會所以我就來查查看，心意已決（雖然並不是多了不起的事），便查了一下。

我試著翻翻字典，這原來是用在完全不同意思的用語。狗在附近散步，不久遇到有人說「這傢伙，走開」並用棒子打牠。所以意思是，沒必要的事最好別做。「いろは卡片」是江戶時代開始盛行的，當時是徹底的階級社會，因此「無風不起浪，沒事乖乖待在家裡別亂跑出去闖禍」，是一般人的生活智慧。

然而隨著日本近代化之後，人們的意識卻轉向「凡事要積極嘗試做看看」。所以「狗走路也會遇到棒子」，便暫且不去追究原來的道理，而變成正面含意的訊息了。是這麼回事。嗯。

不過另一方面，世間也有這種耐人尋味的說法。

白狗在附近散步時，一根達利藝術般的棒子掉在路上，便叼起來「很帥吧」。

叼著那個得意洋洋地走著時，小孩子說「媽媽，我也要那種超現實的棒子。」

媽媽對狗說「嘿，不好意思，可以把那棒子讓我們嗎？我給你三張商店街摸彩券。」狗說「好啊。」

於是，狗到商店街去喀啦喀啦摸彩，居然摸到二獎，獎品是附燙衣板的熨斗。然後出現了一個中年男人說「嘿狗弟弟，我有急事現在馬上需要熨斗。我用這跟新的一樣的iphone和你交換好嗎？」狗又說「好啊。」然後，狗把iphone掛在脖子上，用耳機邊聽著Eric Clapton（艾瑞克．克萊普頓）邊走回家……。

這是我從「狗走路也會遇到棒子」想到的情景，有點太長嗎？

本周的村上　這次寫的好像變成SoftBank軟體銀行的手機廣告了。

杯子半滿

經常有人說，看到裝水半滿的杯子時，樂觀的人會想「還剩下半杯水」，悲觀的人則會想「只剩下半杯水」。人生有各種局面，因此哪個是好的、不好的，無法一概斷定，不過就看你採取這兩種觀點的哪一種，我想我們的人生模樣也會相當不同。

要想成「這次的首相腦漿只裝一半」，或想成「這次的首相腦漿有裝一半」，我想我們的人生模樣……嗯，可能不會有什麼不同。

不過首相的事暫且擱一邊（雖然可能不能暫且擱一邊，不過要說起來話就長了，回到杯子水的話題，世間確實有樂觀的人和悲觀的人。可能不太有指針能百分之百絕對指向一邊的人，不過在「要說屬於哪一邊」的範圍內，一個人總的來說是屬於樂觀的，或總的來說是屬於悲觀的。

我「要說屬於哪一邊」可能屬於樂觀的吧。身為小說家，雖然必須確實看清

人的意識的黑暗領域，但在不工作的時候，大體上是活在「沒關係吧，總會有辦法」的世界觀之下。首先就不會有深入思考事情時，晚上睡不著覺的情況。

我經常想，對小說家，或對一般創作者來說，基本上樂觀應該是很重要的事。例如開始寫長篇小說時，有必要擁有「好吧，這絕對能完成」的確實信心。如果一開始就想到「我的能力或許無法寫完這本書」之類的事的話，可能會變成無法完成整件工作。雖然這與其說是樂觀，不如說只是厚臉皮而已。

我讀過一本雜誌，寫說這種傾向很大部分是從小時候由環境造成的。兄弟姊妹中如果出現被雙親疼愛的孩子和沒有那麼被疼愛的孩子的話，被疼愛的孩子會比較樂觀，沒那麼被疼愛的孩子成長過程會比較容易悲觀。父母雖然經常說「自己的孩子全都一樣可愛」之類的話，但那只是表面上的「神話」而已，其實確實有偏心的事。有這樣的報導。

我沒有兄弟，也沒有小孩，因此不太清楚這方面的微妙情況，不過聽周圍的人談話時，覺得可能有這種事。人際關係實在眞不簡單。

不過根據記載，自覺不太被雙親疼愛的孩子，出到外面會產生想建立家人以外人際關係的傾向，而且這導致成功的例子很多。是嗎？並不全是壞事嘛。

我在過午時分的酒吧裡邊喝著生啤酒邊仔細想想。啤酒已經剩下三分之一杯。剛才還有半杯呢。要不要再來一杯呢？

本周的村上　我有照顧被父母拋棄的病弱小貓，撫養成健康大貓的經驗。

第二名不行嗎？

幾年前，曾經有一位國會女議員主張削減開發超級電腦的預算，質詢道「一定要世界第一才行嗎？爲什麼第二名不行？」還成爲那年的流行語。

我對超級電腦完全無知，實在無法評論那開發預算的是非，不過她的發言有讓我沉思的地方。既佩服「她說得很有意思」，同時也存疑咦「嗯，是這樣嗎？」我試著想想，如果自己是負責預算的人，在國會被議員這樣咄咄逼人地質詢時——雖然不想遇到這種事——該怎麼回答才好呢？

我當時想到的是，「話雖這麼說，但當第二名，也相當難哪」。有的情況是心想「我要當第一名」而努力打拚，但力有未逮，結果變成第二名。有人心想「一定不行吧」開始做時，卻非常意外地順利進行，拿到第二名。不過以我的經驗來說，卻不太有從開頭就以第二名爲目標努力，結果很恭喜地拿到第二名的。一開始就想「好吧、我要努力拚個第二名」這種想法的情況本身，我就不太

3
2
1

能了解。可以想像的一種情況是，第一名的人實在太強了、太過於壓倒性了，實際上要戰勝對方，看起來是不可能的。因此心想，能拿到第二名就很了不起了。

不過，不管對方多強大、多難超越，只要有想盡辦法、絞盡腦汁去威脅那地位的魄力的話，說不定就會產生創新的想法和新奇的招式……。如果一開始就採取「沒辦法啊。第二名就好了」的保守態度，那麼結果永遠都只會停留在第二名，或，也許連第二名都遲早會保不住。我想逐漸被後來的人趕上，而落到第三、第四名的可能性也很大。

老實說我個人的情況，還滿喜歡第二名這種地位的。以馬拉松來說相當於最好跟在領先群的後面。盡量不被電視攝影機拍到，有前面的人擋住可以**輕鬆**地跑。帶頭跑往前衝，和我的個性並不太合。

不過在一片混亂中偶然當上了小說家，三十年以上靠這個混飯吃下來，有時難免遇到不得不從正面逆風前進的情況。這時就算不喜歡這樣，覺得討厭，也實在沒有餘裕說「抱歉，我第二名不行嗎？」只能拚命掙扎著瘋狂衝出重圍。事情就是這樣吧。有些情況，要當第二名比當第一名要困難得多。

當然我要和超級電腦相提並論本身，就相當成問題，不過這點就請多包涵了。

本周的村上　上洗手間每次看到ＴＯＴＯ的商標時，就會不知不覺地哼起〈羅珊娜〉，只有我才會這樣嗎？（譯註：美國搖滾樂團ＴＯＴＯ的暢銷曲〈Rosanna〉。）

爲貓取名字

「要爲貓取名字是很難的事」T・S・艾略特的詩中有一句這樣的著名句子，你知道嗎？

接著還有這樣一句「那並不只是假日消遣而已」。在那詩中艾略特主張，貓必須擁有三個名字。一個是平常叫的簡單名字。例如「Tama」。另一個是，日常並不使用，但身爲貓應該擁有一個，外出時像模像樣的名字。例如，嗯，「黑珍珠」，或「勿忘草」。然後另外一個，是只有貓自己才知道的祕密名字。這絕對不會對外洩漏。

所謂詩人，眞會想各種麻煩事啊，實在佩服。不過確實，要東想西想到那麼深入的地步，爲貓取名字幾乎變成一件大事了。

我到目前爲止雖然也養過相當多貓，但卻沒有爲貓取名字而花時間過。腦子裡啪一下浮現的字就那樣當成名字。如果那時候正在喝著啤酒就取名「麒麟」，

如果是白色瘦瘦像海鷗般就取名「海鷗」。不太想複雜的事。我並不喜歡時髦的名字或做作的名字。所以不去花時間。不過這也當不了「假日消遣」吧。

大學時候我住在三鷹，夜晚打工回家途中，發現一隻小貓。我叫牠，牠就一邊喵喵地從後面跟上來。一直不停地跟過來，終於來到公寓門口。沒辦法就帶牠回到屋子裡，餵牠東西吃。貓就這樣在我家住下來了。

並沒有特別給牠取名字，不過有一天正在聽收音機時，有人說不久前養的貓不見了，那隻貓名叫彼得。世間有失蹤的貓，也有偶然住下來的貓。那麼，「就給牠取名叫彼得吧」。非常省事的命名法。

這彼得就那樣繼續住在我家了，不過因為我並不太理牠，因此就半野生化，變成一隻相當兇猛的雄貓了。早晨肚子餓了，居然撲到還在睡覺的我臉上來猛抓一把，弄得我滿臉血淋淋的。不過我們也有很投合的地方，一起住了好幾年。

那時我正好二十歲前後，和交往的女朋友不順利，學校也很無趣，發生很多難過的事，雖然如此，不過在午後的陽光下和貓兩個人坐著，安靜閉上眼睛，時間也可以過得滿溫柔、滿親密的。

彼得當然已經在很久以前就死了，女孩子們也都不知去向了（到底到哪裡去了？）。

要給貓取名字很難，或許確實說得沒錯。不如說，取名字本身就算簡單，但附隨在那名字上的東西，有時卻會變成擁有不可思議重量的事情。

本周的村上　狗的名字叫ポチ（Pochi）的還滿有名的，不過ポチ到底是指什麼呢？（譯註：可能是英語的spotty斑點，或法語的petit小。指小花狗吧。）

你話不多嗎？

你是屬於話多的，還是話不多的？

我算是話不多的。雖然依狀況的不同、對象的不同，嘴巴也會變得滑順一些，不過平常則鮮少說話。要詳細說明事情也覺得麻煩，盡量不去做。就算因爲話太少而被周圍的人誤解（往往會），也沒辦法，人生就是這樣，看開了。不是我自豪，只有這方面的看開，非常好。

接電話也很難過，不擅長在宴會中跟人說話，接受採訪回答問題也很累。連回e-mail都覺得好辛苦。有人邀我做跟某人對談或書信往來之類的工作，我都一概拒絕。

如果有人叫我閉嘴，我倒可以一直保持沉默，一點都不以爲苦。一個人讀書、聽音樂、到外面跑步、跟貓玩，一星期立刻就過去。大學時候一個人住，所以也曾經半個月沒開口跟任何人說過話。

這種性格，該說不容易接近，一般來說也不受歡迎，不過卻絕對適合小說家這種工作。因爲如果別理我，隨我自己的話，我可以面對書桌一直默默工作下去。

只是像這樣比較沉默寡言的我的人生中，也有一個例外的時期。二十四歲到三十二歲的七年半，不知道怎麼卻以待客生意維持生計。因爲不想去公司上班，於是貸款自己開店，放爵士音樂唱片，也辦現場演奏給顧客聽。

客人來了我會微笑地打招呼「歡迎光臨」，如果是常客的話，也會適度地聊天。一邊想著「我不太適合這樣吧」，一邊想到爲了生活嘛，便也拚命地去做了。談話冗長又無聊的對象——這種人還滿多的——也耐心地溫和應對。現在想起來，那時候的我眞是異常體貼，連我自己都感到佩服。

不過偶爾遇到當時的朋友時，人家卻經常說「春樹兄從以前就一直不太理人。幾乎不講話啊」。被這麼一說，我其實也很不高興。心想喂喂，人家那麼辛辛苦苦地盡量體貼地做了，爲什麼還非要被這樣說不可呢？如果是這樣，我乾脆一開始就不用那麼努力，以我的本來模樣去做就好了。

不過那個時期，自己盡量溫柔體貼「努力過」的感觸，現在還相當扎實地留在我心中。雖然當時似乎沒得到多好的效果，不過我卻感覺到那感觸的記憶正巧妙地支持著現在的我。這是一種類似社會訓練吧。人生中可能需要這種，努力嘗試去使用和平常所用的不同肌肉的時期。就算當時的努力並沒有得到結果。

話不多的人，努力活下去吧。我也在背後默默爲你加油。

本周的村上　京都三十三間堂裡，有一尊和田中將大投手長得一模一樣的佛像。拿著鼓，要是拿球就好了。

所謂愛慾的根

上次我在京都郊區漫無目的地散步時，某女子大學的正門前面掛著大大的標語（該這麼說嗎）「如果不斬斷愛慾的根，人生永遠無法脫離苦海」。可能是佛教體系的學校。我走過那告示板前，一群穿著時髦的女大學生正默默往學校走。有點奇怪的光景。

她們每天早晨看到那告示板，會想到「是啊，愛慾這東西還是很辛苦」或想到「什麼話，愛慾好得很哪。傻瓜」。我當然不知道。只是在女子大學的正門前特地昭示這樣的訊息，有意義嗎？我不禁認眞沉思起來。

畢竟二十歲前後花樣年華的健康女性們，如果想成「是啊」而很乾脆地把愛慾的根都斬斷的話，結果也不太能生出小孩來，當然也會造成人口問題囉。愛慾還是適度保留下來比較好吧。我私下這麼想。當然如果有得過度的話，不限於愛慾，任何事情都會成問題。

愛慾有根嗎？你可能會問。如果被問到，我只好回答（因爲回頭看看並沒有別人），好像確實有。因爲有根所以才會開花。那麼那根長在哪裡呢？嗯，這個嘛，長在身上不知道什麼地方的某處。我也算在這個世界活得夠長了，但那到底長在什麼地方，老實說我也還沒能確實掌握。心想「大約在這一帶吧」（不知怎麼也感染到京都腔了），但正確位置不明。

不過正因爲那根的模樣和土壤的樣子，連本人都不太清楚，因此到現在還很難掌握那機能，正因爲行蹤去向難以預測，人生的展望才有趣呀。如果一切都能以理論以倫理嚴密地，附使用說明書．保證書清楚解說得了的話，活下去一定會變成相當無聊的工作了。

這是將近三十年前的事了，美國某家雜誌上做過「人是會老的」專集，其中有一個人這樣發言「上年紀有幾件事我覺得很感謝，其中之一是，可以從年輕時候那激烈性慾的枷鎖中解脫出來」。我記得當時還十分年輕的我，還半信半疑「哦，是這樣嗎？」地讀著那篇報導。

那麼，現在你對這件事怎麼想呢？如果被這樣問，我只能回答「yes & no（有這樣的地方，也有不是這樣的地方）」。其他詳細相關事實，請你自己隨意上年紀後，自己隨意去發現吧。畢竟，愛慾這東西終究是個人性的東西。

不過，別從大清早的，就讓人家認眞去思考這種事情吧。

本周的村上　又到了京都赤甘鯛的蕪菁蒸最美味的季節了。

高處我不行

從成田機場搭車往東京時，因爲看得見沒看慣的高聳東西，心想那是什麼，結果是天空樹（Tokyo Skytree東京晴空塔）。有一陣子沒看了之間，就變得相當高了。就像看到朋友的小孩，「不知不覺間竟長這麼高了啊」那樣。

話雖這麼說，我對天空樹並沒有特別感興趣，我想就算落成了我大概也不會去。爲什麼？因爲我本來就不喜歡高的地方。說得快一點，我有懼高症。我對洞窟或井之類的地方有興趣，卻不太了解想登上高處去的心情。

但我太太卻最喜歡高的地方，旅行時，如果有高的建築物或懸崖，立刻就想上去。所以去過全世界各種高的地方。不是開玩笑，我每次心裡都好害怕。

爬上去還好，但看下面時腳就軟了，有幾次沒辦法好好下來。緊緊抓著樓梯的欄杆，臉色繃得僵硬，盡量不往下看時，就會被迎面上來的孩子以「這個叔叔在幹什麼啊？」懷疑的眼光盯著瞧。沒辦法啊，每個人多少都有一兩個弱點，眞

想這樣吼他，不過又不能對孩子發作……。

我主動登上的唯一高處，是墨西哥的金字塔。金字塔從下面看起來，並不覺得有多高。所以就輕鬆地一個人往上走，一直走到頂點。然而從頂點往下看時，卻眞的很可怕。上來時感覺很緩和的坡度，現在看來卻簡直像懸崖般陡峭。腳發軟，直冒冷汗。不過總算像身體狀況不良的蜘蛛人那樣，緊緊扒著岩石，慢慢下到地上。

小時候我們家養的一隻小貓，很勇猛地爬上庭園裡高高的松樹上去，這倒還好，但一往下看時卻膽怯了，就那樣下不來了。那種心情我很了解。一個晚上一直喵喵地拚命叫著，但這邊也沒辦法伸出援手。早上起來，心想不知道怎麼樣了走出去看時，已經聽不見聲音。而且從此就再也沒見過牠的蹤影了。

那隻小貓到底消失到哪裡去了？到現在我還會常常覺得很不可思議。總不會就那樣在松樹的大枝幹上餓死了吧？那麼牠身上到底發生了什麼事呢？

或者小貓覺得自己的醜態讓家人看到了很羞恥，於是下定決心「好吧，在我能克服這懼高症之前，不再回家」，一個人獨自修行練武去了。然後到全世界的高處去拜訪，想好好重新鍛鍊自己也不一定。不過由於某種原因而無法回家。這樣想時，覺得小貓好可憐。很想告訴牠「沒關係呀。任何人總有一兩個弱點哪。」不過那已經是從前的事了，何況對方又是一隻貓。

本周的村上　你不覺得野田首相和中日龍隊的森野，眼神有點像嗎？有點濕潤。

我看起來很窮嗎？

我和經常去的附近壽司店的主人隔著櫃台談話時，他像坦白承認似地說「到現在我才說，村上先生剛到我們店裡來時，我好擔心喏」。我問是什麼事？他說擔心我付不起帳。

「哦？我看來像那麼窮嗎？」我說，「像！」居然這樣老實地斷然回答。

我從來沒想過這種事，不過確實穿著短褲和海灘涼鞋，走進不熟的青山壽司店的話，可能會讓人擔心付帳能力。如果再戴上養樂多隊的棒球帽，留著鬍子之類的話，事情就更麻煩了。

這麼說來我到其他店，座位明明空空的，但他們眼睛骨碌碌地盯著我全身上下，說「很抱歉。現在預約已經滿了。」就被趕出來，這種事發生過幾次。嗯，是嗎？原來我看起來這麼沒錢。

如果能穿得稍微像樣一點的話就好了，不過因爲一直在家工作，所以身體已

經習慣，穿隨興的衣服過隨興的日子。不過雖然如此，還是應該注意外表，最好看起來能像一般市民的程度才好。

以前，我到長野縣山中的溫泉旅館住時，也許外表看來很樸實吧（這是穩重的表現）。被帶到一間不虛榮的房間，只給我最起碼的服務。雖然如此，以我來說能適度的不理我，反而覺得輕鬆，我可以很悠哉地放鬆休息。端出來的餐點，內容也接近粗食，不過樸素而新鮮倒也相當美味。

然而到了第二天，忽然把我換到一間氣派的房間，端出截然不同的高級餐點來。我正懷疑到底發生了甚麼事情時，女主人出來說「啊，不知道是先生您，失敬了。」之類的話。於是我忽然緊張起來，肩膀也僵硬了，早早就退房離開。因爲平常並沒有被稱爲「先生」，所以那就累了。不過態度居然能那麼突然地，像手掌翻面般改變啊。

我以前讀過一個大富翁變裝成貧民走進高級餐廳的故事。我想應該是埃利希・克斯特納（Erich Kästner）的小說，不過不太有自信。那雖然是他常去光顧的餐廳，但因爲變裝得很巧妙，所以並沒有被識破。被趕出門外之後他脫下變裝說「喂，是我啊。」不過店老闆卻說「不管你是誰，既然裝成乞丐就是乞丐了。」還是把他趕走，我記得是這樣的故事。如果裝成瘋子在街上裸奔的話，也就是瘋子，同樣的道理。也算是正確的世界觀。

如果以這個道理推論，旅館女主人也能分清楚「哦，不知道你是小說家或什麼，不過既然穿得一副窮模樣就是窮人哪」，別理我就好了。那麼我也可以更輕鬆自在慢悠悠的快樂住下來。

本周的村上　我常常忘記帶皮夾，因此壽司店老闆的擔心也未必是錯的。

要命的距離、糟透的路

「爲什麼?」有幾件事情一方面覺得奇怪，但長久之間卻還一直保持不知道的狀態，前面已經寫過。

例如美國的印地安人爲什麼都不留鬍子?馬拉松戰役的勝利，非要用人跑到雅典來傳遞消息不可，爲什麼不用馬跑呢?

到目前爲止我已經到處問過很多人，大家都只說「誰知道，爲什麼?」沒有一個人告訴過我答案。不但如此，還經常給我「認眞去思考這樣的問題，村上兄也太閒了吧。」這樣驚訝的臉色看。不過，要說閒確實也很閒。

但前幾天我讀了挪威作家托爾．古塔斯（Thor Gotaas）所寫的《人爲什麼跑步》的書，對馬拉松累積多年的疑問終於冰釋了。雖然表現不太美，不過就像巨大的耳垢一下子全脫落了那麼爽快。

根據古塔斯的說法，希臘規定傳令兵一律要用腳跑步。因爲用馬奔馳傳達，無論如何都太醒目了，被人知道「啊，那是在傳令」，可能被人用箭射殺。比較之下，光用跑步的人則不容易被發現。馬無法通過的狹小道路，險惡道路，人也能順利通過。

希臘有很多險峻的山，道路也不太有鋪平，因此能長距離快速跑步傳令的人是重要的寶。原來如此，人比馬實用啊。這樣一說明，我就了解了。

根據希臘歷史學家希羅多德的說法，名叫斐迪匹德斯的傳令兵，在馬拉松戰役之前，帶著請求援兵的書信，花兩天跑了四六六公里從雅典跑到斯巴達城。

我曾經租一輛老爺車跑過同樣的行程，但因爲一路要穿過險峻的山，怎麼踩油門車子都上不了陡坡，因此非常辛苦。要在那樣的地方跑上山想到就心疼。

然而斯巴達王的答案卻是「NO」。不能派援軍。斐迪匹德斯雖然大爲失望，但又從原路跑回雅典去。然後根據另一種說法，他連休息一下都沒有，就又拔腿跑了四十多公里到馬拉松，去看戰爭的結果，再跑回雅典，告訴市民「戰勝了！」然後就那樣斷了氣。

我想，那當然會死。跑過那麼離譜的距離，那麼糟糕的路啊。不過眞厲害。眞想讓當時希臘的傳令兵，跑跑看現代的馬拉松跑道。

這本書還介紹了其他許多有趣的插曲。例如羅馬的哲學家塞內卡也喜歡跑步，一有空閒就跑步。他相信甩掉脂肪可以讓人的知性活力旺盛起來。「如果你心中有疑慮，不妨大口吸進空氣，跑到山頂。一切就會變得豁然開朗」。

如果出一本《燃燒脂肪就能變聰明！這是賢人塞內卡的跑步論》新書，可能會成爲羅馬的暢銷書。

本周的村上　現在還有從雅典跑到斯巴達的超級馬拉松路線，不過幸虧不必來回。

等紅綠燈時刷牙

開著車子，在等候長時間的紅綠燈時，您都在做什麼？我常常在刷牙。經常會帶著牙刷，不沾牙粉，也不用水，只是慢慢刷著每個角落而已。雖然花了一點時間才習慣，不過一旦會了之後，隨時隨地都可以簡單刷牙，因此非常方便。

有時對面來車的司機，看到我在刷牙的模樣，會看得目瞪口呆。那張臉上清楚寫著「不用水怎麼刷牙？」嗯，一切都靠訓練。

因此每次去牙醫那裡做定期檢查時，他都很佩服地說「村上先生一定很忙，但牙齒經常都刷得很乾淨」。不，並不特別忙。不不，別這麼謙虛……。

在我的人生中，幾乎沒有「當時要是這樣做就好了」或「如果不做那個就好了」之類後悔的事，但只有刷牙的事讓我相當後悔。

單身生活的學生時代，我曾經過得相當荒唐，連刷牙都偷懶。因此後來只好讓牙醫照顧了幾次，既麻煩，又花錢。

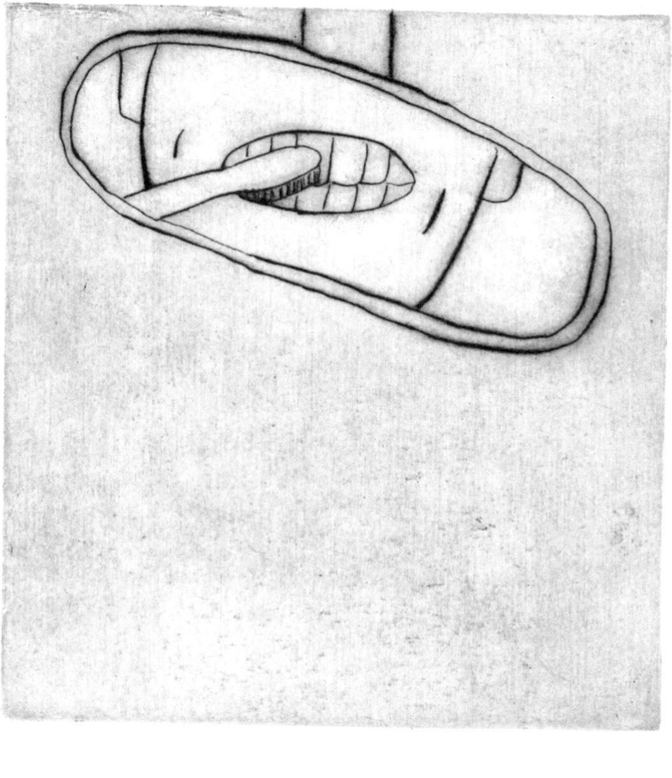

因此從某個時間點開始，我就相當認真地刷起牙來。也在車上放牙刷。不過一旦壞掉的牙就無法復原了。因此，刷牙成爲我後悔的少數事情之一。

如果人生能再來一次的話（雖然不想再來），只有餐後的刷牙，我一定要厲行。

沒有刷牙那麼嚴重，但還有一件我覺得後悔的事，就是停止練鋼琴。小時候，我學了相當長期間的鋼琴，但在上初中之前，因爲種種事情忙起來，於是就停掉了。

雖然，我想自己並沒有什麼音樂才華，所以就算繼續也不可能成爲大鋼琴家……不過如果能更認眞一點練習的話，應該可以輕鬆自在地讀懂複雜的樂譜，那麼聽音樂的方式，也會和現在相當不同。

過去的人生中，其他還有什麼後悔的事嗎？在等紅綠燈的車子裡邊刷牙，邊想列出表來，不料卻想不起來。

以女性關係方面來說，有過幾次「那時候，如果想做的話應該能做成」的情況，但那還不至於到特別後悔的地步。我覺得，能做成而沒做，說起來是像可能性的儲蓄般的東西。這種儲蓄的溫暖，會隨著時間的過去，在有時寒冷的人生中，帶給我們一點一點溫暖。

並不是總之做了就好，是本周村上的結論。但爲什麼，刷牙的話題會轉到這種事情來呢？

本周的村上　完全無關的事情，壽喜燒火鍋放杏鮑菇算邪門嗎？

這種死法敬謝不敏

有一種死法是，只有這種死法不敢領教的。不過死本身，絕對不是一件愉快的事，雖然如此但其中尤其有，只有這種，會讓你想說饒了我吧。

我從以前（不知道為什麼），就有在記憶中收集人類各種殘酷死法模樣的傾向，並把那內容在酒席等場合中詳細說出來，討人厭。不知道為什麼。

我在《發條鳥年代記》這長篇小說中，寫過一個被蒙古人活生生剝皮殺死的日本軍官的事。那一幕描寫得非常詳細。這種事情，對我自己是非常不愉快、難過得透不過氣的，一邊寫著，自己的肌肉一邊實際歷歷感受到（接近）那痛的地步。

這部作品被翻譯成許多外國語，很多翻譯者寫信給我抱怨這個。說「村上先生，我因為翻譯了這個部分，而做了好幾天惡夢。」

我也覺得過意不去。不過沒辦法啊。因為故事上必須要有這樣的描寫所以我

才寫，並不是因為我喜歡而寫的。

在西伯利亞的森林裡一到夏天，就會充滿無數兇猛的昆蟲。一八八七年在當地旅行的英國學者曾經這樣記載。

「黃色和黑色條紋的巨大胡蜂般的昆蟲，在一瞬間便用針刺穿驢子的厚皮，吸牠的血。不知不覺間，那隻可憐的動物已經滿身血淋淋地倒下了。睡覺的時候、走路的時候、吃飯的時候，總之身邊必須經常燒著煙霧瀰漫的除蟲煙。如果對生物有能稱為活地獄的時期的話，那就是西伯利亞南部的夏天。」

因為是極北方的短暫夏天，因此在那期間昆蟲們也拚命在儲存營養，設法繁殖。因此也就變得格外兇猛了。

在這樣的土地上，舊蘇聯政府設立了強制收容所，把無數囚犯送進來。如果囚犯採取反抗態度，就在夏天把他脫光衣服綁在樹上，讓昆蟲去螫。昆蟲聚集在赤裸的囚犯身上，短時間之內，就會把血吸光到死為止。但願不要遇到這種死法。光想像就噁心。只要幾個地方被蚊子叮到已經夠難受了，要是遇到這種情況……。

另一方面一到冬天，反抗的囚犯也會被綁在樹上，一個晚上就凍死了。讓蟲子螫固然討厭，凍死也傷腦筋。要我二選一的話也很爲難。

據說成吉思汗占領都市後，會讓逮捕來的幾百個貴族並排躺下，上面鋪上特製的巨大地板，在那上面舉行宴會，把他們壓死。

眞討厭。可能的話我也不願意碰到這種遭遇。世間眞的有各種可怕的死法。

本周的村上　「free dial」（對方付費的免付費電話）和「不倫（註：日文ふりん（furin））dial」很容易聽錯吧。

華盛頓DC的飯店

我在美國住過幾次，當然也跟美國人有不少個人交往。不用說同樣是美國人，其實也有各種各樣的人，跟他們交往既有愉快的情況，也有令人火大和大爲失望的情況。這在世界任何地方（可能）都一樣。

不過每次想到關於美國人時，就會想起華盛頓DC某一天發生的事。那時我在白宮正面大門附近的飯店正要報到。因爲要在喬治城大學向入學新生演講，但從日本搭飛機來剛下機，我和太太總之都已經筋疲力盡。

櫃台不巧正擁擠。心裡邊想快點到房間安頓下來，沖個澡，邊排隊等順序。好不容易心想輪到我了的瞬間，一個男的白人卻從旁邊插進來。穿著細條紋西裝打著豪華領帶，一副右派外圍政治說客模樣，身材魁梧的堂堂中年男人。

我說「不好意思，我先排隊的」，他爭辯說「你是排那邊的吧。我是排這邊的」。不過大家到櫃台前自然就排成一排等順序了，他的話沒道理。不過那個男

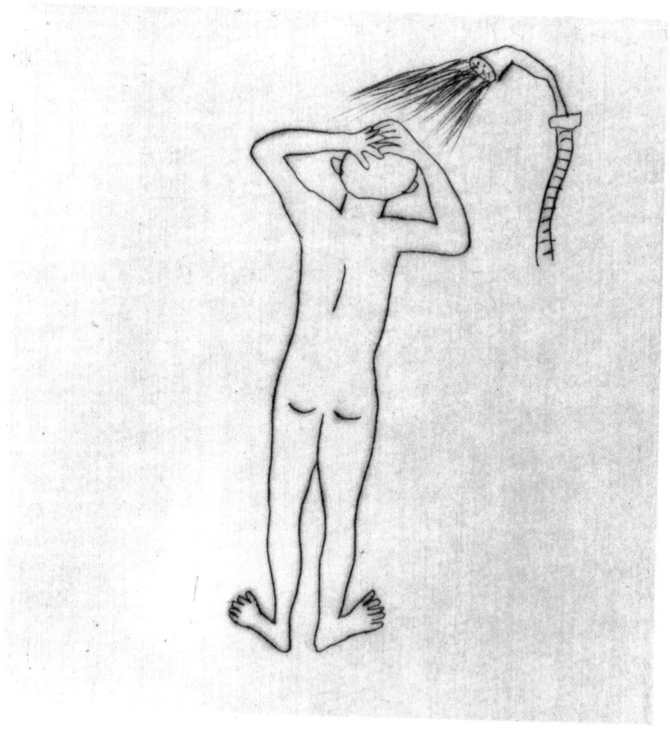

人並不理我的說法。這時我後面男的白人也爲我抗議「不，是你不好。這位先生一直排隊等順序的。你這樣插隊不公平。」

不過那個人個子小，身材瘦瘦的，戴著眼鏡，怎麼看儀表都比較弱勢。看來只像是公立高中的歷史老師。說客瞪了他一眼，用鼻子笑笑不加理睬，就那樣先辦住房手續。我跟那個人放棄了，彼此搖搖頭。要對那種人講道理，比要阻止開動中的推土機還要困難。「對不起，美國人並不都是這樣的。」他像在解釋地說。「我當然知道。」我說，「日本也有很多無聊的人。總之謝謝你。」於是我們握手告別了。

在思考美國人時，我經常會想起這兩個人。穿著細條紋西裝的傲慢政治說客（可能是），和爲我主持正義、消瘦的高中老師（可能是）。權力和金錢就是一切的類型，和始終相信社會公平正義的類型。當然或許任何國家都有這種模式，不過美國的情況，這種落差似乎非常大。遇到前者時會想「啊，眞討厭。」遇到後者時又會想「不過再怎麼說，美國還是個正派國家。」

還有一點，從這件事我學到的是，在日本如果看見遇到麻煩的外國人時，一定要積極主動地上前去幫助他們。請各位也這樣做。

本周的村上　「Citibank銀行」看到這招牌就忍不住出聲念出來的我，很怪嗎？

想像中看到的東西

法國詩人阿爾蒂爾．藍波（Arthur Rimbaud）曾經說過「普通人只有在想像中才能看到的東西，我這眼睛則一直實際都在看到。」

藍波是不是以實際的一對眼睛一直看到這些東西？或以詩人的眼睛比喻性地看到了呢？這方面雖然不能確定，不過很帥吧。能順口說出這種話來，不得不令人佩服「畢竟是詩人啊」。我如果說出同樣的話，人家可能會說「喔，是嗎？那眞好。那麼剛才說到的萊氏擬烏賊怎麼樣了……」就很乾脆地帶過去了。

有一家雜誌採訪我時，我在談話中引用了藍波的這句話。在稿子整理好的時候，編輯問我「可是，村上先生，那句藍波的話，是從哪裡引用的呢？」我記得應該是藍波的，或和他相關的某人的傳記上，卻想不起書名來。編輯也幫我到處查過，卻無法確定出典，那發言只好適度模糊帶過。

現在我還繼續歪著頭想「咦，到底是哪一本書上的？」不過依然不清楚。這

種事情，往往會有吧。

只是我的情況，還有一個問題，就是引用的內容經常會忽然出錯，或在無意間改變了。嚴重的時候會想「如果有像這樣的發言該多好」，自己適度捏造出句子來，不久後又忘了是自己捏造的。這麼一來，當然就不可能知道出處了。

就算不到阿爾蒂爾・藍波的地步，像我這種幾乎算是普通的小說家，只有在想像中才能看到的東西，有時也能看得非常真實。或者說，有時會感覺真的看到了。

例如我喜歡寫我所不知道的地方的事。描寫關於從來沒去過的蒙古的一個小村子，關於四國陌生的城鎮的情景。驅使想像力，「這裡大概是這樣的地方，住著這樣的人」這樣推測，連細節的地方，都像看到了般具體寫出來。這種作業非常有樂趣。與其實際上眼睛看過的風景，不如這樣憑想像可以描寫得更自由更生動。

然後，寫完書後，曾經實際到那個地方去看過。「自己亂扯的，說不定寫得很離譜」一邊冒著冷汗一邊去看看，很多情況居然「怎麼會呢，這不是跟我寫的一樣的地方嗎？」我面對書桌所想像的風景就在眼前。樹的生長模樣，河水流的模樣，空氣的氣味等，連每個細部，都一模一樣得令我吃驚的地步。

不過這不如說，和藍波先生正相反，變成「普通人只有實際的眼睛才能看到的東西，我在想像中就看到了。」不，所以，不提那萊氏擬烏賊的事……。

本周的村上　如果有「清潔劑意識」的話，可能會想「今天也要跟髒襪子一起真討厭。」

濕地板會滑

我在哥本哈根的街上散步時，看到商店櫥窗裡有印著「極度乾燥しなさい」日語的T恤衫。心想，咦？靠近一點再看看，下面附有英語super dry。原來如此，是那個的直譯日語。雖然意思還算對，不過以日語的文章來說，卻有點不自然吧。「極度乾燥しなさい」（要保持極度乾燥），雖然或許適合當後現代小說的標題也不一定。

不過因爲這種有點錯位的語感相當有趣，所以我便買了恤衫，有時穿著走在東京街頭。在那家店裡同樣品牌，另外也賣印有其他某種奇怪日語句子的恤衫。日文在歐洲一定是具有視覺美感吧。不管所寫的內容是什麼。

然而說到乾燥，我在美國某個機場的洗手間，看到放有「濡れた床は滑る」（濕地板會滑）的日語牌子。英語寫著「Slippery when wet」，只是那直譯而已。不過說到「濡れた床は滑る」，在完全沒有心理準備之下，就像忽然擺出難解的

美しい日本語

禪公案給你看那樣，讓你嚇一跳。也覺得其中好像有什麼深奧啓示或內省似的。

如果以正統日語來寫的話，可能會寫成「床が滑りやすいので、ご注意ください」（地板容易滑，請注意）。不過這樣一來訊息就變得有點冗長，原有的迫切感變淡了。這樣想下去，漸漸開始覺得「濡れた床は滑る」（濕地板會滑）的表現法，反而是符合狀況的坦白訊息，是恰當的日語似的了。

那麼，我到底想說什麼呢？日語這東西（或者本來語言這東西），在我們所過著的日常生活中，是每天不停地在繼續改變著的這件事。以過去的感覺會認爲「有點怪的日語」的東西，見慣聽慣之後，會以「這樣或許比較符合心情」的情況，被牢牢抓進我們的用語中，不知不覺間已經獲得日語的身分了。

就算第一次看到「濡れた床は滑る」（濕地板會滑）的立牌時會嚇一跳，歪頭懷疑「好怪的日語」，如果經常看到的話，可能就會被當成理所當然的平常表現而漸漸被大家認識了。何止這樣，如果進入洗手間看到「濡れた床は滑る」（濕地板會滑）以外的立牌時，反而可能會覺得不對勁。

經常有人說「美麗的日語」或「正確的日語」，不過每個人心中美麗的東西、正確的東西各有不同，語言只不過是反映那感覺的工具而已不是嗎？當然語言必須受到重視，但語言的眞正價值，與其說在語言本身，不如說在語言和使用者的關係中。

我在洗手間一邊辦事，一邊一直想著這類的事。很抱歉。我有好好洗手所以沒問題。

本周的村上　飛機上供應的葡萄酒，就算選得好，溫度卻往往很離譜吧。眞可惜。

過分的事，和悲慘的事

「人生是可怕的，或悲慘的，二者之一。」在電影《安妮霍爾》中，伍迪・艾倫這樣定義人生。所以如果你的人生遇到什麼可怕的事時，反而應該鬆一口氣才是，他這樣認眞主張。說「啊，眞好只是遇到可怕的事而已。幸虧沒有遇到悲慘的事。」

在電影中後來雖然對什麼是可怕的（horrible），什麼是悲慘的（miserable）提出具體定義，但因爲表現上有問題，在這裡無法引用。有興趣的人不妨找錄影帶來看。

這部電影中還有其他許多奇怪的台詞。「（因爲非常慌張）竟從頭上脫褲子。」這句我滿喜歡的。看幾次都覺得是很有趣的電影。

這艾倫的人生定義，猛一看好像很消極，不過換個觀點來看，卻也是意外積

極的世界觀。至少很實用。

例如（算是例子），有一天翻開報紙的文藝欄時，上面寫著「村上春樹絲毫沒有作家的才能。頭腦比猴子還差，人格低級素有定評。」之類的事。一想到這種報導會派送到全國的家庭，被廣泛閱讀時，我也啞口無言。

不過心情放開來，仔細想想，比起偷拍或約會強暴被逮捕，被社會版轟動報導出來，狀況要好多了。如果發生那種事，會羞恥得無法面對世人。只有被罵無能、傻瓜、低級等，可能還應該覺得幸運。因為至少那還不是犯罪行為，可以堂堂正正——就算不到這個地步，至少可以很平靜地走在街上。

而且，就算記載上有幾分誇張，不過頭腦確實不好（世間一定有幾隻猴子頭腦比我好的），人格或許也有粗魯的地方，我自己有時也會反省。不過我想，這種事總不必在全國性報紙上大寫特寫吧，眞是的！

這麼說來我也曾經被批評「村上春樹是僞善者」。被這麼說當然也會不舒服，不過試想想，世間到底有多少人能站起來斷言「不，我不是僞善者」。至少我做不到。在我心中當然有僞善的部分（有人完全沒有嗎？）否定這個就變成比什麼都僞善的行爲了。

暫且掛起職業小說家的招牌生活時，會遇到難過的事。也會被丟泥巴球。很難無傷地活下去。不過每次遇到什麼，我就會想「只有這樣就過去還算好。說不定會遇到更悲慘的事。總之不能去做偷拍和約會強暴。」積極向上地約束自己的心。不，我本來就不做這種事啊。

本周的村上　我從來沒做過順手牽羊、跟蹤、虐待熊的事。真的。

最美味的番茄

正在繼續寫連載專欄時，有幾個主題「不知不覺就會出現」。以我的情況，無論如何貓、音樂和青菜的話題總會多一點。因爲畢竟寫喜歡的東西比較快樂。至於討厭的東西、無法喜歡的東西，基本上我刻意盡量不去想，也盡量不去寫。想必對讀的人「這種東西我最討厭，好噁心」的文章，不如「我喜歡這個，寫著就會微笑起來」的文章，讀起來比較快樂吧。嗯，不是嗎？不太清楚。

不管怎麼樣，總之我喜歡青菜。也滿喜歡女人，不過開始寫這個的話，也會出現不妙的事情（回頭看看），還是有限制。這方面，青菜就很輕鬆，比較好。

我二十歲時，暑假一個人去做長途徒步旅行。背著沉重的背包，那年的北陸地區熱得不得了，不過因爲我從以前就喜歡一個人長距離走路或跑步（這也是我的愛好之一），這樣做一點都不覺得辛苦。

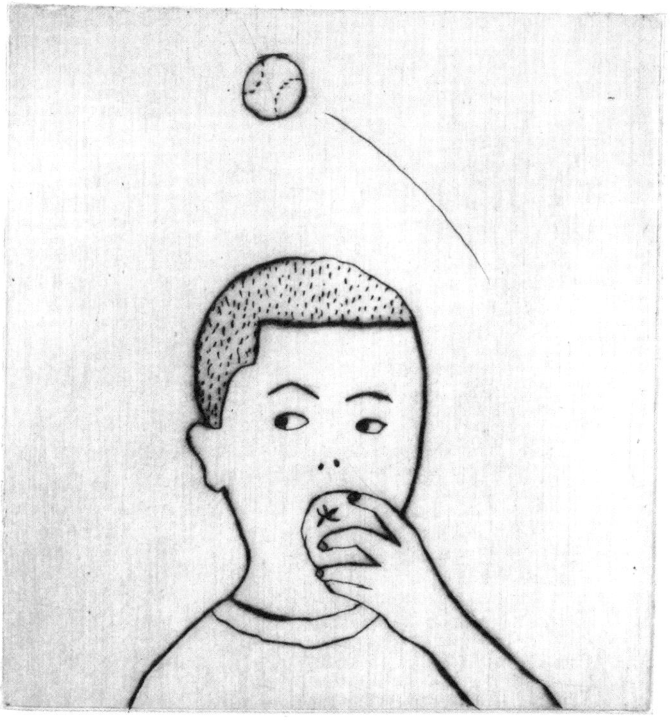

於是，有一天下午，我走在能登半島的鄉間道路上時，正在田裡忙著農作的叔叔把我叫住，說「這番茄很好吃，給你帶去吧」，當場給我三、四個剛摘下來、又大又紅的番茄。

哇，那番茄眞好吃。當然在大熱天，喉嚨正渴可能也有關係，不過那自然的香氣、那鮮嫩多汁、啃下去沙沙的咬勁、美麗的色澤，無論從任何一點來說，都是我生平吃過最棒的番茄。太陽的氣味毫不保留地滲進裡面。

不過比那美味更重要的是，在我心中現在依然以「善事」清清楚楚留下的，是那位叔叔對自己所種的番茄所擁有的自豪，想把那顏色鮮明的成果跟我——滿身髒兮兮曬得黑漆漆，頭大而沒什麼用的大學二年級生——分享的這件事。在大太陽下一邊走著，一邊一口一口啃著那番茄時，不可思議地確實感覺到「這樣活在世界上，也很不錯啊。」

吃完番茄時，有巴士經過，於是我舉起手來上了車。巴士的收音機，正轉播甲子園高中棒球的比賽實況。車上的全體乘客，正屏氣凝神熱心地聽著廣播。那是三澤高中的王牌投手太田幸司在決勝戰中一個人獨自完投18局，依然還是0比

0不分勝負，翌日所進行的延長賽。

以傳說中的著名比賽場次，到今天還繼續被傳頌，但因爲我正在做著和電視和收音機都無緣的旅行，所以完全不知道有這回事，只覺得很佩服「哦，大家還滿熱心地聽高中棒球轉播嘛。」後來才知道詳細情況。

因此，我現在每次看到新鮮的番茄，就會想起那輛巴士和太田幸司。那是一九六九年的事。

本周的村上　我住在希臘時經常吃「希臘沙拉」的番茄，也有太陽的氣味。

椰子樹的問題

我對椰子樹這東西，從以前就有一個疑問。就是，爲什麼椰子樹非要長那麼高不可呢？當然椰子長在高高的地方，誰也不能把果實帶走固然很好，不過我覺得也沒有必要長那麼高吧。爲了這樣根也不得不深入地下，而且大颱風一來，有時也可能會折斷……。

這也不是、那也不是地東想西想，上次正恍惚地望著被貿易風很舒服地搖晃著的椰子樹時，忽然想到。當然並不是多了不起的命題，不過在自己的頭腦裡能想到什麼結論也是挺開心的事情。雖然還不至於說，我能了解阿基米德和牛頓的心情。

我所得到的假設是這樣。椰子樹的果實又大又重，因此風無法搬運，昆蟲和鳥類也不能吃。所以如果就那樣下去，只能噗通地掉落在腳下，在那裡發出芽

來，那會對母親椰子樹的生存構成威脅。所以椰子樹有必要把那果實盡量播送到遠一點的地方。

於是椰子就想（不太清楚是否眞的有想），讓樹幹盡量長得高高的軟軟的，被風一吹，就會大搖大擺，那離心力就可以讓果實咻一下飛出去。原來如此，我想，生物這東西爲了保存物種還眞費盡心思啊。

當然這只不過是我忽然想到的假設而已，並不知道學問上是否正確。我在網路上查過很多，不過「爲什麼椰子樹那麼高？」這個問題卻完全沒有成爲話題。大概沒有誰會一一認眞去思考這種事情吧。不過無論如何，「你眞正想知道的事，網路上不會知道」，我這向來的主張，再度得到證明。

我查資料的結果，據說夏威夷火奴魯魯道路上種的椰子樹，大半是不會結果的椰子樹。因爲堅硬的果實從頭上飛過來，砰一下砸到人受傷會很嚴重，而且這樣一來，市政府也必須支付高額的賠償金，所以就改種不結果實的樹。當然安全比什麼都重要，不過卻有一點無趣了喔。

不過我在網站上查了一下，發現有一位懷孕的女士寫道，要爲即將出生的孩子取名「椰子」讀成「Coconut」。「這種名字的取法居然被人批評，眞火大！」當然要給孩子取什麼名字是父母的權利，我完全不打算發表意見，不過，嗯，我覺得，火大不火大，世界就那麼簡單地一分爲二也眞是的……。這個一想起來，也是個相當困難的問題喔。

本周的村上　繼續了兩年的連載，到本周結束。眞的。「Coconut寶寶」現在不知道怎麼樣了？

後記

大橋步

前年村上春樹先生的隨筆重新（10年前也曾連載過一年）開始在《anan》雜誌連載。然後2年期間的連載也在今年3月結束了。

我繼續上次獲得畫插畫的機會。去年7月把一年份的隨筆以《大蕪菁、難挑的酪梨　村上收音機2》的書名出版單行本。今年又把那之後1年期間的隨筆以這《喜歡吃沙拉的獅子　村上收音機3》的書名出版單行本。

關於村上收音機的插畫，我想來稍微談一點。插畫我採取了銅版畫的方式。在9公分×9．5公分的銅板上，以針這種前端尖銳的金屬棒刮著描繪（稱爲乾點直刻法drypoint），再請專業師父印出來。

插畫稿要先收到村上先生e-mail過來文字稿的附檔，列印出來，一邊讀好幾遍，一邊畫好幾張插畫草圖，從其中挑選一張畫稿，下面鋪複寫紙描繪到銅板上。銅版畫再轉印到濕的紙上，如果不乾還不能交給《anan》。等乾了之後油墨固定在紙上，才能交稿。

週刊雜誌的工作，雖然很難採用花時間的版畫，不過因爲村上先生每個月會把整個月分的隨筆一次寄來，因此可以一起製作成版畫，交稿非常順利。

其次，印刷也非常漂亮。我想雖然畫得很稚拙，但因爲能請託到有力的印刷師父，因此才能讓我繼續畫這插畫。能獲得這麼好的工作機會，我深感榮幸。我要再度向村上先生致意。眞的謝謝您給我這愉快的工作。

去年出版時，我接受了幾次採訪，很多人問我「能比讀者先讀到村上先生的原稿眞好啊。感覺怎麼樣？」其實因爲我一面在想該把哪個場面畫成插畫一面讀，因此無法純粹以一個讀者來享受村上先生的隨筆。隨著連載接近尾聲時，不知道怎麼才以一個讀者的心情開始有趣地讀起來。所以眞希望連載能再繼續下去。這本書出版之後可以離開工作好好地讀了。眞期待。

村上先生的書還讓我來寫後記，實在僭越了，眞不敢當。

在這裡特別向村上春樹先生、設計的葛西薰先生、增田豐先生、《anan》編輯部的熊井昌廣總編輯、宮川洋一先生、郡司麻里子女士，和書籍編輯部的鐵尾周一總編輯、版畫印刷師白井四子男先生，重申感謝之意。

本書是由《anan》No.１７５１（２０１１年3月30日號）至No.１８０１（２０１２年４月４日號）所刊登的連載「村上收音機」，及《GINZA》No.１７８（２０１２年４月號）所刊登的隨筆，加筆修正整理而成。

作者　**村上春樹**

一九四九年生於日本京都府。出生後不久即搬到兵庫縣西宮市夙川，後又搬到蘆屋市，在此度過青少年時光。早稻田大學戲劇系畢業。

一九七九年以《聽風的歌》獲得「群像新人賞」，新穎的文風被譽為日本「八〇年代文學旗手」，一九八七年暢銷七百萬冊的代表作《挪威的森林》出版，奠定村上在日本多年不墜的名聲，除了暢銷，也屢獲「野間文藝賞」、「谷崎潤一郎文學賞」等文壇肯定，三部曲《發條鳥年代記》更受到「讀賣文學賞」的高度肯定。除了暢銷，村上獨特的都市感及寫作風格也成了世界年輕人認同的標誌。

作品中譯本至今已近60本，包括長篇小說、短篇小說、散文及採訪報導等。

繪者　**大橋步**

生於日本三重縣。多摩美術大學油畫科在學中，即在雜誌發表插畫。

一九六四（昭和39）年，於《平凡Punch》雜誌封面出道，持續負責該雜誌封面達七年半。從此活躍於雜誌、廣告，並替許多書籍（例如《這是太陽公公》）畫插畫。現在並參與許多隨筆寫作。著有《今日的我》、《穿得光鮮亮麗》、《餐桌上的幸福》、《酷之助熊寶寶》等。

譯者　**賴明珠**

一九四七年生於台灣苗栗，中興大學農經系畢業，日本千葉大學深造。回國從事廣告企畫撰文，喜歡文學、藝術、電影欣賞及旅行，並選擇性翻譯日文作品，包括村上春樹的多本著作。

藍小說 960

村上收音機3 喜歡吃沙拉的獅子

作　　者—村上春樹
繪　　者—大橋步
譯　　者—賴明珠
主　　編—嘉世強
編　　輯—黃嬿羽
美術設計—莊謹銘
執行企劃—林貞嫻
校　　對—賴明珠、黃沛潔

董 事 長—趙政岷
出 版 者—時報文化出版企業股份有限公司
108019台北市和平西路3段240號3樓
發行專線—（02）2306-6842
讀者服務專線—0800-231-705・（02）2304-7103
讀者服務傳真—（02）2304-6858
郵撥—19344724 時報文化出版公司
信箱—10899臺北華江橋郵局第99信箱
時報悅讀網—http://www.readingtimes.com.tw
電子郵件信箱—liter@readingtimes.com.tw
法律顧問—理律法律事務所　陳長文律師、李念祖律師
印　　刷—勁達印刷有限公司
初版一刷—2013年1月18日
初版八刷—2024年6月13日
定　　價—新台幣280元
（缺頁或破損的書，請寄回更換）

時報文化出版公司成立於一九七五年，
並於一九九九年股票上櫃公開發行，於二〇〇八年脫離中時集團非屬旺中，
以「尊重智慧與創意的文化事業」為信念。

村上收音機3 喜歡吃沙拉的獅子 / 村上春樹著；賴明珠譯. -- 初版. -- 臺北市：時報文化, 2013.1
面；　公分. --（藍小說；960）（村上收音機系列）
ISBN 978-957-13-5703-4（精裝）

861.67　　101025659

SARADA ZUKI NO RAION — MURAKAMI RAJIO3
by Haruki Murakami

Originally published in Japan by Magazine House, Tokyo.
Chinese (in complex character only) translation rights arranged with
Haruki Murakami, Japan
through THE SAKAI AGENCY and BARDON-CHINESE MEDIA AGENCY.

ISBN 978-957-13-5703-4
Printed in Taiwan